URBSIMSA ON AIR

Im Herbst 2021 findet der legendäre Auftritt von *Anarchy and Her Chaots* gemeinsam mit der Nachwuchsband *The Telling* in Urbsimsa statt. Alle haben den Live-Stream verfolgt ¿Wo aber liegt Urbsimsa?

Stefan Blankertz

URBSIMSA ON AIR

NOVELLE edition g. 218

ORIGINALAUSGABE

Verlag: BoD · Books on Demand GmbH,
Überseering 33, 22297 Hamburg, bod@bod.de
Druck: Libri Plureos GmbH,
Friedensallee 273, 22763 Hamburg
© 2025 Stefan Blankertz
ORCID-iD: 0009-0009-0352-548X
editiongpunkt.de
Titelbild unter Verwendung von
Amedeo Modigliani, *Nudo seduto*, 1916
Courtauld Gallery
gemeinfrei via The Yorck Project

ISBN 978-3-8192-4420-9

INHALT

PERSONEN

Tom Prawon, Bassist der Band AAHC
zur Band und deren Mitgliedern
Mickypedia-Eintrag ▷ S. 23-30
Ida O'Nety (1946-1983)
Toms unsterbliche Liebe
Lutz-Dieter Prawon (1927-2021)
Toms sterblicher Vater
Sullie Becker
rätselumflorte Freundin des Vaters
Mickypedia-Eintrag gesperrt ▷ S. 45-46
The Telling, Indie-Rock-Band
zur Band und deren Mitgliedern
Mickypedia-Eintrag ▷ S. 13-16
Peter-Joseph Kutscher (1870-?)
träumt von Frieden
Mickypedia-Eintrag ▷ S. 53-56
Bertram Jak (1878-?), sein Freund
Philosoph der Kasi-Spiritualität
Mickypedia-Eintrag ▷ S. 63-68

Der Vaterlose auf Vatersuche:
weckt Zutrauen
Peter Handke, 2016

Der Abglanz seines Konterfeis auf dem blanken Korpus von Fortys E-Bass erhascht Tom. Er denkt daran, dass er es vermeidet, in den Spiegel zu blicken. Ausnahmslos. Morgens oder mittags, oder wann immer er aufsteht, schließt er während des Zähneputzens die Augen. Beim Ankleiden wendet er dem bösen Lügner den Buckel zu. Zu Hause und auf der Bühne ist er zwanzig. ¿Was rede ich?, sechzehn. Ich zähl' meine Makel, du zählst deine Makel, Tahm kennt keine Makel; sagen die Liamsi. Neunzig Prozent des Publikums sind älter als Forty und ihre beiden Schwestern; fast jeder fühlt sich als Vater. Respektive, eine Minderheit, als Mutter. Als Großvater habe ich da keine Chance, denkt Tom, und prompt verpatzt er den Einsatz. Ein Zucken mit der Augenbraue von Forty zwischen belustigt, nachsichtig und strafend; ihr Markenzeichen gegenüber Kollegen; man muss es anhimmeln. Egal, wie verpackt. Heute trägt sie der Hitze trotzend ein bodenlanges, wenn auch dünnes, jugendgraues Open Front Dusty, übersät mit alchemistischen Symbolen. Halb-transparente, schwarze Strumpfhose. Drüber schwarze Shorts. Weißes, nicht eng anliegendes Shirt mit Led-Zeppelin-Aufdruck. Ihre Mutter gibt gut Acht, dass die Mädchen sich nicht zu sexy feilbieten. Man soll sie für ihre Musik, für ihr Können bewundern, nicht für ihr Aussehen. Forty war noch nie ein Zeitfehler unterlaufen, nicht der Neunjährigen, als sie mit ihren Schwestern *The Telling* aufgezogen hatte, nicht heute, keine zwanzig, der weltbeste Bassist. You have been told so. Kein Titel, auf den Tom sich spitzt. Schlechte Musik für schlechte Menschen; dies war Idas Losung gewesen, damals; dies ist seine Losung heute. Tom weiß, dass er für Forty 'n Champ ist. Trotz der Pannen, so häufig, dass man sie für Stil halten mag. Forty bietet ihren Rücken. Obwohl sie das nicht geplant hatten, nicht geprobt, versteht Tom. Tom lehnt sich an, und Rücken an Rücken spielen sie ein paar Takte. Die Schulterriemen der Bässe reiben sich wider einander. Sie stören. Schnell vergisst Tom sie. Druck, Gegendruck, Vertrauen. Darum geht es. Gleichzeitig und problemlos stoßen sie sich ab; und während Tom sich umdreht, sieht er, dass Paula auf die Bühne wirbelt. Sie wollte in der Backstage verharren, muckschig, bis Line die Drums geräumt hat. ¿Was soll ich auf der Bühne? Die gute Laune ist vom Publikum über die Bühne zu ihr hinter die Bühne geschwappt. In ihren Händen hält Paula pinke Eggshaker, die sie bloß nutzt, falls sie mal keine Rhythm Sticks in Verwendung hat; was selten vorkommt. Mina, deren Stimme sich auf dem Höhepunkt des alten AAHC-Hits *Stalingrad* im Zuckergrauen suhlt wie ein liebestoller black Panther, winkt Paula heran, legt kurz ihren Arm um Paula, und im Duett fahren sie fort. Mina in ihren zerrissenen Jeans, die eine Spur zu viel preisgeben (aber nur ein ganz klein wenig freilegen und es eher erahnen lassen; ein Spiel, das alle mögen), mit denen sie sich ihren Gastgebern anpasst, schmeißt die Show, denkt Tom, es ist ja nicht zu fassen, und wir fügen uns. Er geht vor Forty auf die Knie und präsentiert ihr seinen muschelförmigen Bass, so lächerlich fancy, als habe The Duchess, Bo Diddleys Schwester, ihn persönlich gestylt. Forty antwortet mit

       Winterland-Auftritt

ihrer Elvis-Lippe. Ihre Fans, die sich, weil sie immer vom Publikum aus auf der linken Seite positioniert ist, dort eine Traube bilden, rasten aus. Tom erinnert sich daran, dass Elvis in seiner Comeback-Show 1968 einen Gag auf eigene Kosten machte, indem er den arroganten Mundwinkel auf der falschen Seite verzog. Ein Gag für Eingeweihte. Tom erhebt sich, zwinkert Forty zu und rennt rüber zu Mina und Paula. Mina reagiert sofort, indem sie ihre Stimme leicht ins Gellende steigert und mit der Gitarre den Pfusch nachahmt, der sogar bei der Single-Pressung von *Stalingrad* geblieben war; jemand hatte sich für die LP-Version erbarmt und ihn ausgebügelt. Es war nicht Tom gewesen. Wissend grinst Paula. Tom springt, soweit man es noch springen nennen darf, auf das Podest der Drums und eifert mit Line. Line, luftig, genau geraten: polyesterblau, jedoch hoch geschlossen. Durch den Stoff schimmert für den Kenner eine Prise ihres schwarzen BHs. Oben Lady Sphinx, unten Barfuß-Jesus. Er hatte sie auch schon in High-Heels die Bassdrum kicken sehen. Ihr gelingt eben alles. Es gibt keine physische Grenze, wenn sie was will. Line schlägt zu und zerbricht einen Stick, der ihm um die Ohren fliegt. Tom weicht aus und verhaspelt sich. Während sie durch die Kick Drum den Rhythmus hält, fingert sie einen neuen Stick, mit dem sie, wie um sich zurück zu melden, außerplanmäßig das Crash-Becken anschlägt. Alles mit einer Gelassenheit, wie Paula sie immer noch nicht aufbringt. Halt, Tom, sei nicht ungerecht zu Paula. Line ist ihre Adeptin; ihr hat sie den Weg geebnet. Sie hat eine Technik, hinter die noch keiner gekommen ist. Bis auf Line. Sie hat dich durchschaut, Paula. Sie hat dein Mysterium ergründet. Man muss es nicht hüten; um so zu spielen, reicht es nicht, das Mysterium zu kennen, sondern man muss so spielen können. ¿Wer kann das schon? Auf zwei Kick Drums spielen. Dies hat Line nicht übernommen; sie braucht den linken Fuß, um mit ihm, hex, hex, per MacBook die Elektronik zu steuern, wenn für einen Auftritt kein Tontechniker drin ist. Hat Tom auch noch bei keinem sonst gesehen.

Als *Stalingrad* fünf Jahre nach Idas Tod rauskam, gab es ein pompöses Trara; für die Nachfolgeband *Anarchy and Her Chaots*, die er zusammengetrommelt hatte, ein perfekter Einstieg, um Publicity zu kriegen. Die Dämonstrationen vor den Toren, wo immer sie auftraten, hatten ihm Ohrensausen und Herzklabaster gemacht. ... zwei feindliche Soldaten die in Stalingrad erkennend Aug' in Auge stehen und einander trotzdem brav erschießen im verfluchten Augenblick des Sterbens rufen beide nach der Mama Mama während vor dem Auge das sich trübt ihr nicht gelebtes Leben abläuft verliebt verlobt verheiratet und ihre Kinder alles das entschwindet ... Ursprünglich als Rap gedacht. In dem Telling-Cover; am Ende hingen Minas anfangs künstlich drapierten Haare strähnig, als wäre sie eine beliebige Metal-Göre. Irre, was die drei da an Inbrunst vorlegten. Völlig am Ende. Im Anfang. Es war ein Friedenssong, aber die Friedensaktivisten beschuldigten ihn der ‹Relativierung›, der Gleichsetzung von diesländischen mit gegenländischen Soldaten, obwohl doch auch sie mit ... Soldaten seh'n sich alle gleich lebendig und als Leich' ... aufgewachsen waren, wie er. Frieden ist besser, Kriege sind nötig, Dolg wird es richten; sagen die Kasi. ¿Wer soll 'n das raffen?

                                                    Winterland-Auftritt

Inzwischen wird zwar immer wieder auf den damaligen Skandal referiert, Aufreger des Tages aber sind andere; *Anarchy and Her Chaots* gehören jetzt zum kulturellen Bestand, gehören ins Museum. … Friedhof vergeblicher Mühen Kadaver gekreuzigter Träume Register entfernter Impulse Zeugnis linker Promiskuität einander unbekannter Körper Schlafsaal wo sie neben fremden oder abgelehnten Wesen ruhen Schlachtbank für die Künstler die sich an umkämpften Wänden gegenseitig niedermetzeln möge man alljährlich dorthin pilgern wie am Tag der Toten auf den Friedhof öfters aber ist es für den Künstler so toxisch wie lange Beelterung für das von ihrem Humor oder Ehrgeiz berauschte Gemüse für Sterbende Kranke Gefangene sei's drum … Würde nicht viel fehlen, und die Gesundheitsministerin höchstselbst legte euch einen Orden um den Hals. Es ist für Tom eine Genugtuung, dass die Mädchen von *The Telling* seinen Song unverklemmt gecovert hatten, mit jugendlicher, ihrerzeit sogar kindlicher Leichtfertigkeit. Das Video, mitgeschnitten im zum Musikraum ausgebauten Keller ihrer Mutter, ging viral, und irgend jemand wies Tom auf es hin. Fasziniert fixierte er die Hände der kaum Zehnjährigen, zu klein und zart für einen Erwachsenen-Bass; den beigen Junior Jet bedienten sie mit virtuoser, von ihm bis dato ungesehener Präzision. Konzentriert und ernst schaute sie auf ihre Finger; nur selten erlaubte sie sich ein kurzes verhaltenes Blinzeln in die Kamera. Noch heute schaut sie im Zweifel eher auf ihre Finger als ins Publikum; nicht mehr, weil sie es scheut, sondern weil sie sich Gestümper nie verzeihen würde. In ihren Körperbewegungen, wie das markante Hochziehen des linken Knies, war freilich bereits angedeutet, was sie an Bühnenpräsenz zu bieten haben wird. Er ließ ihr einen ordentlichen Bass zukommen und sagte einer Musikzeitschrift in einem Interview, dass er, wäre er nicht zufällig selber der Bassist von AAHC, den sofort entlassen und durch Forty ersetzen würde; die restlichen Chaoten fanden das übrigens nicht so lustig wie er. Sie spielt ihn weiterhin, den Bass, seinen glänzend schwarzen Rickenbastard 1992, obwohl bloß sporadisch, meist bei *Stalingrad*. Jetzt. Seinen Bass, der ihn jetzt mit einem Spiegelbild konfrontiert. Und Tom hält stand. Denn heute ist Tag seines Triumphs. Heute kann er standhalten. Heute kann er sich in die Augen schauen.

Im Publikum fängt Tom einen Blick unter wallendem Kupferschopf ab, eine Frau, mit der er mal erinnerungswürdig gebumst hatte, und erwidert ihr Augurenlächeln. Sie trägt ein dunkles Männerhemd und eine Krawatte im Kupfer ihrer Haare. Sie war ja so bedürftig gewesen, damals. Gern hätte Tom mehr für sie getan. Er hatte ihre Bedürftigkeit gespürt. Mehr war aber nicht drin, damals. So war es eben. Immer zwängte Ida sich dazwischen. Er kam gegen sie nicht an. Doch mittlerweile gibt's Licht am Ende des Tunnels. Sullie. Sie rettet mich. Der Fuchs ist die einzige Krawatte im Stadion. Nicht der einzige kupferne Schopf. Anarkie hat Bleibsel von ihm; Mecki stark mit Altersgrau durchsetzt, ein Grau, das sie erhobenen Hauptes trägt und nicht versteckt. Vielleicht war er ja deswegen so auf sie abgefahren, weil sie ihn an Anarkie erinnerte, an jene Zeit, als sie zusammen begonnen hatten. Die erste gemeinsame Zigarre, auch das eine würdige Erinnerung. ¿Aber Sex?: nie. Tom lässt den

The Telling

The Telling ist eine Indie-Rock-Band der Schwestern Minerva „Mina" Kondar, *2000, Diana „Line" Kondar, *2002, und Fortuna „Forty" Kondar, *2004. Ihre Mutter Xavie Kondar, eine Verwandte des sonderländischen Schriftstellers Juan Carlos Onetti,[1] hat sie im Homeschooling vor allem musisch erzogen.[2] Konsequent nahmen sie von Anfang an Plattformen der Neuen Medien wie YouTube, Patreon und die Möglichkeiten des Crowdfunding wahr, um sich selbst zu vermarkten.[3]

Geschichte

Bekannt wurde die Band durch eine Coverversion des Songs *Stalingrad* der Punk-Gothic-Band *Anarchy and Her Chaots* 2014. Mit diesem Video, das im Musikkeller ihrer Mutter aufgenommen wurde, verblüfften die jungen Mädchen – Fortuna Kondar war noch keine zehn Jahre alt – durch Beherrschung ihrer Instrumente und der Stimme, die weit über das hinaus ging, was erwartet werden konnte,[4] und beeindruckten auch Tom Prawon von den *Chaots*.[5]

Rasch verlagerten sich die Schwestern jedoch darauf, nur noch von ihnen selber komponierte und auch getextete Songs zu veröffentlichen. Sehr selten streuten sie hin und wieder Coverversionen ein. Über die Sozialen Medien bauten sie sich zielstrebig eine Fangemeinde auf, die jetzt fast den gesamten Globus umspannt,[6] während Live-Performances naturgemäß zunächst auf die nähere Umgebung beschränkt blieben. Jedoch gab es immer mehrere Fans, die die Konzerte mitschnitten und online stellten.

Mit der Zeit konnten sich die Schwestern auch professionelle Kameraleute leisten, die sie vor allem über Crowdfunding finanzierten.[7]

2018 stellten sie ihr Album *The Tales of Miriam, the Queen of the Rats* vor, das die Fans gern TMQR abkürzen. Es handelt von den Gefahren, die mit der Genmanipulation verbunden sind.[8] Aufgrund der Figur eines Erzbischofs, der in die Machenschaften der Genmanipulation verwickelt ist, gab es eine scharfe Kritik seitens der

Katholischen Kirche,[9] die
der Popularisierung des
Albums jedoch nicht in die
Quere kam.[10]

Stil

Neben *Anarchy and Her
Chaots* heben die Kondar-
Schwestern unter anderem
AC/DC, Led Zeppelin, Lzzy
Hale, MC5, Garry Moore,
Motörhead und Unlucky
Morpheus als ihre stil-
prägenden Leitbilder
hervor.[11] Dabei ent-
wickelten sie einen
zunehmend eigenen
Duktus, der von dem
Kontrast zwischen ein-
gängigen, wenn auch
komplexen Harmonien
zu düsteren Texten lebt.[12]
Es gibt Kritiker:innen, die
sich fragen, wie so junge
Mädchen derart „krasse
Gefühlswelten von
verbotener, unerwiderter
oder gar perverser Liebe
überzeugend ihrem
vorwiegend älteren
männlichen Publikum
darbieten können".[13]
Dies schrieb Ferdinand
ter Gerdie 2018.

🛈 Die Neutralität von dem
folgenden Abschnitt ist
umstritten. Die Begründung
hierfür findest du auf der
Diskussionsseite.

Rechtliche Schwierigkeiten

Ende 2020 wurde gegen
die Mutter Xavie Kondar
und gegen Minerva Kondar
ein Haftbefehl wegen
Verweigerung der Schul-
pflicht erwirkt.[14] Xavie
Kondar droht er als Mutter
der minderjährigen Töchter
Diana Kondar und Fortuna
Kondar die Erzwingungshaft
an. Minerva Kondar ist
bereits volljährig und für sich
selber verantwortlich, aber,
wie es in einem Protest-
schreiben heißt, das bislang
von 69 Jurist:innen unter-
zeichnet wurde, „nicht mehr
schulpflichtig".[15] Um sich
der Haft zu entziehen,
gingen Xavie Kondar und
ihre Töchter ins Exil.[16] Da
The Telling über eine breit
aufgestellte Internet-
Präsenz und über die ganze
Welt verstreute Fans verfügt,
können sie ihre Musik weiter
machen und sind auch
wirtschaftlich wohl kaum
gefährdet.[17] Das Protest-
schreiben enthält die
Vermutung, es ginge
darum, den Vater der
Kondar-Töchter zu treffen,
Stan Kondar.[18] Ihm legt man
verschiedene Terror-
anschläge zur Last, und er
wird per internationalem
Haftbefehl gesucht. Denn

---

man verdächtigt ihn, ein führender Drahtzieher des Liamsi-Terrors zu sein. Die Vermutung der 69 Jurist:innen, dass es sich um Sippenhaft handle, wies der Pressesprecher der zuständigen Gesundheitsministerin „mit allem gebotenen Nachdruck" zurück.[19]

Der Bassist Tom Prawon von *Anarchy and Her Chaos* kündigte an,[20] für den 23. Juni 2021 eine Zusage des Gesundheitsministeriums zu haben, die Musikerinnen von *The Telling* dürften im Winterland als Vorgruppe seiner Band auftreten, ohne dass ein Zugriff der Sicherheitskräfte zu befürchten sei. Nach Aussagen des Veranstalters sind die Karten bereits lange im Voraus restlos ausverkauft.[21]

Besetzung

E-GITARRE, GESANG: Minerva „Mina" Kondar; SCHLAGZEUG, KEYBOARD, GESANG: Diana „Line" Kondar; E-BASS, HARMONIEGESANG, Selten LEAD: Fortuna „Forty" Kondar

Einzelnachweise

[1] K. Tembrins, *Anarchy and Her Chaos: Die Inside-Story*, Göttingen 2019, S. 165.

Über die Frage der Verwandtschaft ist inzwischen eine Kontroverse entbrannt. Die Autorin und Tom Prawon verweisen hier auf Aussagen von Xavie Kondar, die aber nähere Angaben nicht machen kann. Der Pressesprecher der Gesundheitsministerin spricht von „fake news" und droht mit Maßnahmen. Der Musikjournalist Andreas Scharfmüller regte an, eine:n Ahnenforscher:in mit der Klärung dieser Frage zu beauftragen.

[2] „Die gefährliche Saat des Homeschooling", in: Spiegel, am 9. Juni 2018. Und Website der Band.

[3] Website der Band. Und Tembrins, S. 162.

[4] Andreas Scharfmüller, „The Tale of *The Telling*", in: Musikexpress, Analyse, am 24. Juni 2018.

[5] „*The Telling* sind die Zukunft des Rocks", Interview mit Tom Prawon, in: Bravo, am 9. Juni 2018.

[6] Abfrage der Herkunft der Patrons von *The Telling*, per Stand des 17. März 2018, das heißt also noch vor der Veröffentlichung des Durchbruch-Albums *The Tales of Miriam, the Queen of the Rats*. Neben den Fans in Ciseuropa und in Anderland

gibt es nennenswerte
Fangruppen auch in Trans-
amerika und Gayasien,
sowie vielen weiteren
Regionen. Stand 2019: 750.
Stand 2021: 2,500.
[7] Nachweis fehlt.
[8] Die Inhalte aller Songs
des Albums *The Tales of
Miriam, the Queen of the
Rats* sind auf der Plattform
mysong.de zweisprachig
nachzulesen. Abgerufen
am 16. Februar 2021.
[9] Erzbischof Karl Maria
Maise, Pressekonferenz
am 8. Juni 2018.
[10] Medienanalyse für
die Musikindustrie, Dossier,
am 2. Juli 2018.
[11] Mina Kondar, „Wir sind
hier, um zu bleiben",
in: Metal Hammer, Interview,
am 30. Juni 2018.
[12] Michaela Drust, „Die Welt
des weiblichen Rocks",
in: Spiegel online, Meinung,
am 4. Juli 2018.
[13] Ferdinand ter Gerdie,
„Das Phänomen der
Schwestern von *The Telling*",
in: Focus online, Analyse,
am 15. September 2018.
[14] Der Haftbefehl wurde
von der Gesundheits-
anwaltschaft per Datum des
3. Novembers 2020 auf
Veranlassung der Ministerin
bei Gericht beantragt;
Eilverfahren. Stattgegeben
am 13. November 2020.
Nachfrage beim Gericht.
Die schriftliche Antwort ist
von Mickypedia archiviert
und jederzeit einsehbar.
[15] Der „Offene Brief"
von 69 Jurist:innen an die
Gesundheitsministerin, in
welchem sie den gegen
Xavie und Mina Kondar
ausgestellten Haftbefehl als
„juristisch nicht haltbar"
analysieren, 5. Januar 2021.
[16] Siehe die Meldung
im Tagesspiegel, Kultur,
am 12. November 2020.
[17] Das ergibt eine Abfrage
der Patreon-Follower von
The Telling, durchgeführt
am 6. Dezember 2020.
[18] „Offener Brief".
[19] Sigmar Vorhelt,
Pressesprecher der
Gesundheitsministerin,
auf der Pressekonferenz
am 6. Januar 2021.
[20] Tom Prawon, auf
einer Pressekonferenz
am 2. März 2021.
[21] Eveintim, Presse-
mitteilung auf Anfrage
von Marie Kuchelt, die den
Brief der Jurist:innen an
die Gesundheitsministerin
gegen den Haftbefehl
federführend initiiert hatte.
Sie zeigte sich angesichts
der Entwicklung erleichtert
und „juristisch bestätigt".
Fortsetzung folgt

Blick prüfend schweifen. Ist gebongt. Niemand weiteres mit Krawatte. So dumm wie viele von den Kollegahs der anderen Bands ist Tom nicht. Einst äußerte Janis Joplin, auf einer Bühne vor aufgegeilten Jungs zu stehen, sei wie Sex, besser als jeder Orgasmus. Dies kann Tom nicht bestätigen. ¿Warum sonst der Sex danach?, obligatorisch, früher, als alles einfacher war. #metoo ist nur ein Vorwand, es geht einfach nicht mehr so einfach wie früher. Der Spiegel hält ihm die Wahrheit vor, verrät sie aber nicht der Welt. Das muss er machen. Mit neuen Songs, die es thematisieren. Man will ja nicht einrosten. ¿Werde je ich mich trauen? Dennoch, man weiß ja nie, wen es erwischt. #metoo verschont ihn und die Band, bislang. Die Vorwürfe konzentrieren sich auf Ida und, manchmal, auf Klaus, der bloß zwei Jahre nach ihr vor Kummer starb. Tom, der Überlebende. ¿Freilich wie? Sicher, sie waren sechzehn gewesen, als Klaus und er Idas Geliebte wurden, die zehn Jahre älter war; ihnen erschien das damals wie ein Weltalter, und den Alten erschien es als der Skandal schlechthin; die Mutter aller Skandale. Dieser Ida hatte er *alles* zu verdanken. Wie sie vor dem Richter ihr Höschen auszog und ihm unter die Nase rieb. Allen lebendig im Gedächtnis. Nun ja, bloß den berüchtigten Alt-68ern. Heute musste man 'ne 19 davorsetzen, auf dass jemand 'ne zeitliche Einordnung hinbekommt. Die Musik. Alles. Die Courage. Die Liebe. Die unendliche und wahre Liebe. Und wenn die von #metoo wüssten, dass das alles gar nicht mehr so einfach, gar nicht mehr so reibungslos läuft, wie früher. Ignorant:innen mit der Empathie von Lurchen. Pelotudo, wer den geringsten Ton einer Kritik an Ida verlauten ließ. Verschiedentlich war Tom in Interviews und auf der Bühne durchgedreht. Que me la chupen. Nicht jeder kann Sonderländisch, das rettete Tom. Ida war nun mega garstig gewesen, Tom dagegen behandelte alle Mösen wie rohe Eier. Um Idas Andenken nicht zu schänden, ging es bloß mit Frauen, deren Namen er noch nicht wusste. Der Name, das war das Entscheidende. Die Aura. Das wirkliche Wesen, das dem Körper die Form gibt. Danach dann Essig. Dies war gerade dabei, sich zu ändern. Sullies Gesicht schiebt sich vor Toms Augen. Tom greift gern auf sondersprachliche Flüche zurück. Man kann sich austoben, ohne dass es jemanden richtig beleidigt. Außer natürlich in Sonderland und in sondersprachlichen Ländern, die weit weg sind. Gerade. Idea Vilariño in Sonderland hatte sie ihm beigebracht, Idas soziale Tante, wenn man will. Eigentlich sollte Ida sogar Idea heißen; die spießigen Behörden hier ließen die Mutter aber nicht. Das war in der Tat ein Ding, dass Idas Mutter die Tochter mit dem Namen der Konkurrentin zieren wollte. Denkbar, dass Ida daher den Spruch hatte: Eifersucht ist keine Krankheit. ¿Oder doch? Man steht nun nicht auf der Bühne, um logische Schlüsse zu ziehen. Es geht um was anderes. Die Leute wollen Lust, Lust des Augenblicks … alle Lust will *aller* Dinge Ewigkeit *will tiefe tiefe Ewigkeit* …

Tom verfolgt, wie Forty ihrer Komfortzone entsagt und in Chuck Berrys Duck Walk – sie kennt sich in der Ikonographie des Rock 'n' Roll aus wie in ihrer Westentasche (was für eine altmodische Redewendung, ¿kennt die heute noch irgendwer, Digger?) – sich auf Pussy Snake zubewegt. Pussy Snake, heute als Drag Queen so aufgedonnert wie zu den orgiastischsten Zeiten der

Band, hat sich in Forty verguckt und in den Dez gesetzt, sie überreden zu wollen, mit em ein Album zu rocken. Und Orgelmusik soll's sein, kein Synthesizer-Kunststoff, Pfeifenorgel, solide, altmodisch, mittelalterlich. Hinter all den Plastic People Leute aus Fleisch und Blut. En macht eine Geste mit enser rechten Hand, während en ense Keys mit links weiterspielt, eine Geste, aus der Tom nicht schlau wird. ¿Aber wird aus Pussy Snake je jemand schlau werden? Das ist nicht ense Absicht.

Als die Telling-Mädchen vor mehr als zwei Jahren ihr brillantes Konzeptalbum *The Tales of Miriam, the Queen of the Rats* vorstellten, war Tom zur Premiere gegangen; Inkognito, wie er meinte. Die Mädchen, die von Anfang an sich selbst promotet hatten (mit semi-professioneller Unterstützung der Mutter) und vor allem alles nutzten, was die Social Media ermöglichten, waren etwas über-schminkt, extrem angespannt und am Schluss der Show total ausgepowert. Sie hatten ihr Ding voll gut durch-gezogen. Die letzten Minuten setzte Forty sich erschöpft auf das Podest der Drums; einen Ton, nein, den ließ sie nicht aus. Die Finger forderten Rast, eventuell, duldeten aber keine Nachlässigkeit. Ihre Augen waren glasig und nach oben gerichtet; eine Mimik, die Tom damals und dann öfter wieder fürchten ließ, dass sie unter Drogen steht. Eine Furcht, die blieb; und manchmal überfällt sie ihn des Nachts, wenn ihm ihr Antlitz erscheint, groß und unerreichbar edel, ¿aber ist sie denn ganz bei sich? Schüchtern trat sie dann an ihr Mikro.

—Das hier ist für dich —hauchte sie mit mystischer Stimme—. *Stalingrad*, ich weiß, dass du *es willst*, Tom.

Von der Reaktion der Schwestern her war Tom nicht

klar (und es wurde niemals angesprochen), ob sie das abgemacht hatten oder Forty eigenmächtig und spontan handelte. Nach dem Auftritt schlug Tom sich zu ihnen durch wie ein Groupie (auch so 'n Wort, das heute kein Schwein mehr nutzt). Später steckte Mina ihm, ihre Sis habe das *es willst* in jenem Moment wirklich sexuell gemeint. Forty errötete. Das ist passé. Auf einer Bühne zu stehen, das ist womöglich ja doch wie Sex. Womöglich war Janis Joplin ja doch weise. Aber, soviel man wusste, verachtete sie hautnahen Sex nicht. Hört euch den Song an, den Country Joe McDonald über sie schrieb … auf 'ner Welle elektrischer Sounds und Gewitter von Licht trat sie in mein Leben dank der Telefonvermittlung … Hex. Hex. Schwanz fühlt es. ¿Fühlt möse es auch?

—¿Hast du das wirklich über mich gesagt? —fragte Forty, die Lider über milchschwarz flimmernde Augen gesenkt—. Ich war doch noch ein *Baby*.

—Ja, aber schon ein Genie —Tom wusste, worauf sie anspielte, Blick gehoben, Wangen freilich leicht geädert. Was in seinem Alter nicht mehr wirklich ansehnlich war. Diese ranzige Haut. Ein Erröten bei 'ner schnuckeligen Biene lässt man sich gephallen, da ist es allerliebst; bei einem Youngster nimmt man es stoisch hin. Bei jemandem im Alter Toms ist es dagegen Blasphemie, eine Beleidigung des ästhetischen Empfindens.

In der Folgezeit kam er manchmal in den Keller der Mädchen, um mit ihnen zu jammen. Er versuchte, Forty ein paar Gimmicks beizubringen, mit dem Plektrum zu spielen, und das, was er sich in den Jahren, Jahrzehnten angeeignet hatte. Brav probierte sie alles aus, um dann rasch zu ihrem reinen Spiel zurückzukehren. Sie lächelte ihn dankbar und überlegen an. Sie bewunderte ihn. Jedoch Show, das war die Sache von Anderen, von Mina und von Line vielleicht, natürlich von ihm, von Paula, von Anarkie, von Pussy Snake, aber nicht die ihre. Ihre Sache war, darauf zu achten, dass alles in der Spur bleibt, genauer gesagt: dass jeder in der Spur bleibt. Das einzige Mal, als Forty krank war und Mina und Lina allein auf der Bühne zurecht kommen mussten, gerieten sie tatsächlich Song für Song aus dem Takt. Sie nahmen es mit Humor, und das Publikum beugte sich ihrem Charme. Es gibt ein Video von dem Auftritt. Tom war vernarrt in es. Alles, was diese Mädchen meistern, was sie blicken, haben sie sich im Team mit ihrer Mutter selbst beigebracht. Sie sind die reizendsten Produkte des Homeschoolings, die man sich vorstellen kann. Übrigens ist die Mutter weitläufig verwandt mit Ida, eine geborene O'Nety. Sicherlich darum hatte Tom die Mädchen auf den ersten Blick ins Herz geschlossen. In ihnen sah er Ida. Er lud sie zu den Proben von AAHC ein, und man kam prima aus, bis auf, na ja, es gab so etwas wie Stutenbissigkeit zwischen Paula und Line; die nahm allerdings keiner so richtig ernst. Es entstand die Idee, *The Telling* solle auf ihrer nächsten Tour die Vorgruppe von AAHC sein. Aber es kam anders. Das Klima wandelte sich. Es brach die Eiszeit an, was das Show-Geschäft betraf. Man legte ihm Steine in den Weg, aus den fadenscheinigsten Gründen. Die Gesundheitsministerin wurde zum Feind der Kultur schlechthin. Und dann dräute Freitag, der dreizehnte: der Haftbefehl gegen Mina, die nicht mehr minderjährig war wie ihre Schwestern, und gegen ihre Mutter. Fadenscheiniger Grund: Verletzung der Schulpflicht. In Wirklichkeit, so konnte sich jeder halbwegs gescheite Verschwörungstheoretiker an seinen sechseinhalb Fingern abzählen, ging es darum, dem Vater der Mädchen, einem international gesuchten Führer der Liamsi-Freischärler, eins auszuwischen; mit denen stand die Gesundheitsministerin gerade wieder einmal auf Kriegsfuß, da sie sich nicht an die Maskenpflicht hielten und nicht impfen lassen wollten. Ansonsten war sie gut Freund mit ihnen gewesen. Aber Prinzip bleibt Prinzip; selbst die weiche Gesundheitsministerin muss hier volle Kante zeigen. Die Mutter gab dem Vater ihrer Töchter vor Zeiten schon den Laufpass; seine Mädels besitzen kaum einen Talisman von ihm, außer Jähzorn, der als missgestimmte Wolke über ihren fein ausbalancierten Gemütern schwebt. Diese Wolke hat jetzt die Gestalt der Gesundheitsministerin angenommen, die im Land das Dirigieren an sich reißt und keine Athene duldet außer sich. Mutter und Töchter flüchteten ins Nebenland, wo sie unterschlüpfen konnten. An Auftritt war jedoch nicht zu denken, nirgendwo.

Und dann fand Sullie sich ein. Tom traf sie wieder auf Lutz-Dieters Beerdigung, dem Papa, der im biblischen Alter das Zeitliche gesegnet hatte. Sullie war Tom nicht ganz unvertraut; er kannte sie als Assistentin, Freundin, Geliebte oder auch Krankenschwester seines Vaters, wie es so heißt: jemanden, um den er einen gewissen Bogen gemacht hatte. Irgendwie verband Tom sie mit Papas geheimdienstlichen Tätigkeiten, von denen er lieber Abstand nahm. Sie sprach ihn an wegen eines Manuskripts; der Notar hatte es Tom im Auftrage des Vaters ausgehändigt. Ein merkwürdiger Roman über merkwürdige

Anarchy and Her Chaots

Anarchy and Her Chaots, abgekürzt AAHC,[1] ist eine von dem Bassisten, Sänger und Komponisten Tom Prawon und der Schlagzeugerin Paula Harun 1986 gegründete Band.[2][3] Ihre Musik überspannt die Genres von Punk über Hard Rock, Metal, auch Speed und Death Metal, bis hin zu Gothic und Symphonic.[4][5] Der Einfluss auf andere Musiker:innen und Bands gilt verglichen mit ihrem eigenen kommerziellen Erfolg als groß.[6] Regelmäßiger Gast sowohl bei Studioaufnahmen wie auch bei Liveauftritten ist seit 1991 die Klassik-Punk-Metal-Geigerin Violetta Mandarin, die Tom Prawon und seine verstorbene Lebensgefährtin Ida O'Nety – auch unter dem Namen Idea Onetti bekannt – ihre „sozialen Eltern" nennt.[7]

Geschichte

Nach der Auflösung der rechten Punk-Band *Restdeutschland*, deren Hauptattraktion Ida O'Nety war (später nannte sie sich Idea Onetti), trat ihr erst 15jähriger Geliebter Tom Prawon in die Band ein, die sich dann aber *Idea y su Caóticos* nannte. Infolge des Suizids[8] von O'Nety 1983 bildete Tom Prawon die Band *Herederos de la Ida*. Ihr schloss sich Violetta Mandarin an, die als verwahrloste Trebegängerin von O'Nety und Prawon gesund gepflegt worden war. Zu der Band stieß auch die Schlagzeugerin Paula Harun, die den Caóticos-Schlagzeuger „Meister Propper" nach und nach völlig verdrängte.[3] (Sein bürgerlicher Name ist nicht zu ermitteln.)[10] Als der Herederos-Keyboarder und Prawons Freund, Klaus Breitweg, an Alkoholismus[8] starb, löste die Band sich auf. Prawon und Harun gewannen die Geigerin Freya „Anarkie" Schmidt als neues Bandmitglied und nannten sich fortan „Anarchy and Her Chaots".[3]

Die Band brauchte lange, um sich zu finden und Fuß zu fassen.[12] 1988 kam es zu einem Eklat um die Single *Stalingrad* (siehe dort). 1989 gelangte sie mit dem Wende-Song *Tear Down This Wall*, dem sie den O-Ton der Rede des Präsidenten Ronald Reagan vom 12. Juni 1987 beimischte, in die Charts.[13]

Der Song war ursprünglich ein harmloses, unpolitisches Liebeslied, das bereits auf der Caóticos-LP *Ehrlicher Verkehr* (alternativ in der Schreibweise „Ehelicher Verkehr") 1978 veröffentlicht worden war.[14]
Unterdessen studierte Violetta Mandarin Musik. Nach dem Abschluss ihres Studiums machte sie eine Solo-Karriere als punkige Klassik-Geigerin.[15] Seit 1991 spielt sie regelmäßig mit Prawons Band. Sie ist sowohl auf den Studio-Alben zu hören als auch bei Live-Auftritten häufig dabei. In den letzten Jahren fehlt sie kaum noch.[3]
2009 starb die sonder-ländische Dichterin Idea Vilariño. Sie war die Muse des Vaters von Ida O'Nety (die ursprünglich, Prawon zufolge, Idea heißen sollte),[17] dem Schriftsteller Juan Carlos Onetti. Der hatte seine Vaterschaft aber nie offiziell anerkannt, obwohl er eigens zu ihrem Begräbnis anreiste.[18]
Prawon veranstaltete Vilariño zu Ehren in Santa María ein Remake der Herederos-Show von 1985. Als CD und als DVD erlangte die Show international hohe Chart-Platzierungen.[19]

Seit 2018 hat sich eine intensive Freundschaft zu der Nachwuchsband *The Telling* entwickelt, die 2014 mit einem auf YouTube viral gegangenen „Stalingrad"-Cover auf sich aufmerksam machte.[20]
Es gilt als erstaunlich, dass die Band seit 1986 personell stabil ist. Dagegen sind die musikalischen Stilwechsel zum Teil von gravierender Art. Es gibt einen harten Kern von Fans, die alle Wechsel stoisch mitgemacht haben, aber das Gros der Fans wurde vor allem zwischen den End-1980er- und den 2010er-Jahren komplett ausgetauscht. Während die Gothic-Szene mehr oder weniger wegbrach, führte das ziemlich unerwartete Revival des Metal, vor allem in der Verbindung mit etlichen symphonischen Elementen, zu einer neuen, soliden Basis.[21]

Konflikt um den Song „Stalingrad"
Obwohl die Band *Rest-deutschland* aus dem linksradikalen Milieu hervorgegangen war, wurde ihr die Parteinahme für protestierende LKW-Fahrer:innen, deren Streik einen faschistischen

Militärputsch vorbereitete, negativ angekreidet.[22] *¡Viva la huelga!* (Es lebe der Streik) erschien 1973 als B-Seite der Single *Sexrebellen braucht das Land.* Den Song *Contra* auf dem 1983 erst nach O'Netys Tod veröffentlichten Caóticos-Album *Ida O'Nety. RIP* interpretierten manche Kommentator:innen als Zustimmung zu den von Anderland unterstützten Contra-Rebellen gegen die linke sandinistische Regierung,[23] obwohl der Text darauf eigentlich nicht hindeutet.[24] Als 1988 *Anarchy and Her Chaots* die Single *Stalingrad* herausbrachte, fiel das auf diesen problematischen Hintergrund. Der Song beschreibt zwei Kinder-Soldaten, die sich im Kampf gegenseitig erschießen und deren letztes Wort der Ruf nach der Mutter ist. Nur der Titel machte den Song zum Skandal: Es wurde angenommen, die Band würde die diesländischen Aggressor:innen mit den gegenländischen Verteidiger:innen in einen Topf werfen und keinen moralischen Unterschied zwischen beiden Seiten machen. In verschiedenen Städten kam es bei Auftritten von AAHC zu großen Demonstrationen, manche eskalierten zur Gewalt mit Sicherheitskräften, die die jeweiligen Veranstaltungsorte gegen die zum Teil massiven Störungsversuche absicherten.[25] Der der linken Szene zugerechnete Vater von Tom Prawon, Lutz-Dieter Prawon, verteidigte allerdings seinen Sohn und wies darauf hin, dass „die Moral ein ungeteilter Imperativ"[26] sei. Das medial erfolgreiche Cover der Nachwuchs-Band *The Telling* 2014, deren Mitglieder damals zwischen zehn und 14 Jahre alt waren, belegt, dass die hergebrachten Empfindlichkeiten heute nicht mehr aktuell sind, weder bei Musiker-Kolleg:innen noch in der Öffentlichkeit.[27]

Stilistische Einordnung

Aufgrund der Band-Geschichte ist eine stilistische Einordnung schwierig. In den Anfangsjahren variierten die Zuschreibungen in den Musikzeitschriften zwischen Punk und Wave. Heute ist eher die Kategorie Symphonic oder Melodic Metal in den Sozialen

Medien gängig. Regel-
mäßige Auftritte in Wacken
unterstreichen das.[28]
Die neo-marxistische
Medienwissenschaftlerin
Karin Meyer-Umstaedt
bescheinigt der Band, den
Zeitgeist einerseits getreu
widerzuspiegeln, ihn
andererseits auch kritisch
zu übersteigen. Das
gemeinsame Thema sei
es, Musik und Text in eine
Dialektik zu bringen, die
einen Spalt zum eigenen
Denken immer offen halte.
Darum könne man die Band
auch nie in rein affirmativen
Genres, die die Musik-
industrie kreiert habe,
rubrizieren, sei es Punk, sei
es Gothic, sei es Metal.[29]
Die Musikjournalistin Karola
Tembrins hebt hervor, die
Band habe sich immer
kreativ mit dem Material
auseinander gesetzt, das
sie vorfindet.[30]
Der konservative Ästhetik-
professor Franz-Jochen
Mästmarker kritisiert da-
gegen „eine Ödnis und
Einfallslosigkeit", „die selbst
die zartesten Ansätze von
Kultur in der Popkultur unter
sich begräbt".[31] Ähnlich
äußert sich der Mästmarker
politisch entgegen
gesetzte Soziologe Rudolf
Hufnagel, der meint, „wenn

immer das Kapital Speichel-
lecker" suche, wende „es
sich vertrauensvoll an Anarchy and Her Chaots".[32]

Musikalische Bedeutung
Während in der sozial-
wissenschaftlichen
Rezeption die Band eher
als Ausdruck des Zeitgeists
bewertet wird, ist die
Wahrnehmung vieler
Nachwuchs-Bands anders:
Sie sehen AAHC als Trend-
setter, als die, bei denen
sie das jeweils Neue und
Ungewohnte gehört
haben. Fortuna „Forty"
Kondar, die Bassistin von *The
Telling*, berichtet: „Als meine
Schwestern die Band
gründen wollten, meinten
sie, sie bräuchten noch
jemanden für den Bass;
Gitarre und Gesang waren
ja Babos Ding und Schlag-
zeug spielte natürlich Line.
Ich machte auf total cool.
Klar, ihre neunjährige Sis kam
für sie nicht in Betracht.
Bis ich bereit war und ihnen
‚Stalingrad' vorspielen
konnte, die schwierigste
Basslinie überhaupt,
jedenfalls eine der
schwierigsten. Neun Jahre
hin, neun Jahre her, ihre
kleine Sis war jetzt dabei."[33]
In Transasien gibt es eine
Reihe von neuen Punk-

Metal-Bands, die sich ausdrücklich auf AAHC berufen.[34]

Dem inzwischen bei vielen Metal-Bands üblichen Growlen der Sängerinnen ebneten Violetta Mandarin und Freya „Anarkie" Schmidt den Weg, als man diese Form der Darbietung nach Ansicht von Karin Meyer-Umstaedt „nicht anders als vulgär empfand".[35]

Musik und Texte

Alle Band-Mitglieder spielen einen ausgeprägt eigenen Stil. Als relativ blass stuft man Dirk Sombart ein. Er hat eine solide, an Gary Moore orientierte Art, aber wenig Charakter.[9]
Einige der Lieder aus der Gothic-Zeit erinnerten manche Beobachter:innen an The Creatures, obwohl die Anarchy-Songs teilweise sogar früher datierten.[36]
Die Geigen von Anarkie und Mandarin konkurrierten mit The Great Kat um die schnellste Interpretation von Klassik, wobei Mandarin Nigel Kennedy als ihren „Meister" bezeichnet. In letzter Zeit sind sie aber zu einem sanfteren Umgang mit ihren Instrumenten über-gegangen, die manche als emotional reif, andere als kitschig bezeichnen.[9]
Wie Pussy Snake das Key-board „traktiert", erinnert die Dokumentarfilmerin und Tom Prawons Kusine, Uesyka Prawon, an die „Schweineorgel" von Ray Manzarek, Pigpen, Brian Auger und Melvin Seals.[36]
Dadurch, dass Band-Gründer und Haupt-Komponist Tom Prawon ein Bassist ist, ist die Musik der Chaots durchgängig seit Beginn an sehr basslastig. Dies könnte man das „perennierende und verbindende Prinzip" nennen, meint Karola Tembrins. „Wer die Entwicklung von diesem unbeholfenen und grotten-schlecht spielenden Punk der 1970er Jahre zu dem Virtuosen mitverfolgt, der er heute auf seinem Instrument ist, kann nur den Hut ziehen", schreibt Karola Tembrins. „Ob schnelle Wechsel, Slides, Hammer-ons und Pull-offs, Palm Muting, Slap-Bass oder Breakdowns, Tom Prawon beherrscht den Groove und bestimmt die Richtung der Band."[37]
Paula Harun, die Schlagzeug schon spielte, als es noch kaum Frauen an diesem

Instrument in der Rock-Musik gab, hat eine mysteriöse Finesse, wie sie noch keiner zu imitieren verstand, außer Line Kondar von *The Telling*, die einen ähnlichen Drive hinlegt.[16] Tom Prawon ist auch für die meisten Texte zuständig. Wie bei den Musikstilen, sind die Texte einem breit gefächerten Themenbereich zuzuordnen, der von klassischen Liebesliedern wie *I'm Not Ready for You* (Single, 1991) oder dem 2017-Hit *Song for Kate* über „schräge Grufti-Fantasien"[11] – *(How) Skeletons Make Love* (1988 auf dem Debüt-Album *Start Your Own Anarkie*) zum Beispiel – bis hin zu sozialkritischen Texten reicht.[8] Eine ganz besondere Stellung nehmen die sehr persönlichen Texte ein, die seine fortwährende und anscheinend unstillbare Trauer um den Tod von Ida O'Nety behandeln, so vor allem *(How it is to love a) Dead Woman Alive*, ein Song, der als vierte Single der Band 1989 erschien. Bei fast allen Live-Konzerten der Band bildet dieser Song die emotionale Klimax.[36][38] Der bekannte Rock-Pfarrer Minor Opus vergleicht die Szene in einem Interview 1998 mit einer Heiligen Kommunion in einer Messe und meint: „Du kannst nicht davon ausgehen, dass man jedes Mal spirituell inspiriert ist, manchmal reißt man auch nur das Ritual runter. Aber wenn, dann springt der Funken über, glaubt mir das. Dann ist der Herr ganz nah und irdisch."[38]

Soloprojekte
Im September 2012 nahm Tom Prawon unter eigenem Namen aber mit den Musikern der Band eine Vertonung von Friedrich Nietzsches *Dionysos-Dithyramben* auf. Der Sänger sagte dazu, Nietzsche sei seine „größte Quelle der Inspiration, insbesondere dessen Lyrik".[42] Die Aufnahmen erschienen Anfang 2013 und erhielten von der Fachpresse ein gemischtes Echo. Ein kommerzieller Erfolg wurde das Album nicht. Der Song *Die Sonne sinkt* ging ins Repertoire der Band über.[39]
Seit 2019 kündigt der Keyboarder Martin „Pussy Snake" Otto ein Album mit Orgelmusik an, über das jedoch bisher nichts weiter bekannt wurde.[40]

Violetta Mandarin legt ab 1991 regelmäßig eigene Klassik-Alben vor, darunter bevorzugt Brahms, Chopin, Kagel, Mahler, Rachmaninow und Stockhausen; im Jahr 2010 spielte sie ein Album mit Jazz-Standards unter dem Titel *Rhapsody in Blue* ein, das die Kritiker:innen enthusiastisch gefeiert haben und überdies ein ansehnlicher kommerzieller Erfolg wurde.[41]

Besetzung

GESANG (vor allem GROWLING), GEIGE: Anarkie, das ist Freya Schmidt
E-BASS, GESANG: Tom Prawon
E-GITARRE, CHOR: Dirk („Kirk", „Kommander of Kaos") Sombart
KEYBOARD, E-GITARRE, CHOR: Martin „Pussy Snake" Otto
SCHLAGZEUG, CHOR: Paula Harun
Als Dauergast: Violetta Mandarin (GEIGE, manchmal GROWLING im Duett mit Anarkie)

Einzelnachweise

[1] Lexikon des Dieslandrocks, hg. v. Friedhelm Just, Bremen 2017, S. 25. In den späteren Auflagen ist der Text unverändert, nur die Diskografie wird jeweils aktualisiert.
[2] Lexikon, S. 25.
[3] Website der Band, abgerufen am 2. Feb. 2020.
[4] Lexikon, S. 25.
[5] „Wem gehören die Chaots?", in: Metal Hammer, Meinung, am 15. Juli 2019.
[6] „Einfluss und Erfolg sind nicht immer dasselbe", in: Der Branchendienst der Musikindustrie, Analyse, am 19. November 2020.
[7] „Ohne Ida und Tom wäre ich heute tot", Interview mit Klassik-Star Violetta Mandarin, in: Klassik aktuell, Analyse, am 13. Januar 1993.
[8] Lexikon, S. 26.
[9] Lexikon, S. 24.
[10] Mitteilungen des Musikjournalisten Friedhelm Just und Bandmitglieds Tom Prawon, sind bei Mickypedia dokumentiert und abrufbar. „Wir kannten ihn nur unter dem Namen und er hat nie einen anderen gehabt" (Tom Prawon).
[11] Minor Opus, S. 89.
[12] „Der lange Weg der Chaoten zum Erfolg", in: Spex, ausgiebiger Artikel, am 6. Dezember 2009.
[13] Charts International, am 3. Oktober 1990.
[14] Pressemeldung von David Volksmund Records, am 1. Mai 1978.
[15] Interview mit Violetta Mandarin, in: Der Spiegel, am 14. August 1993.

[16] Tembrins, S. 119.

[17] „Wir werden Ida nie vergessen", Interview mit Tom Prawon, in: die taz, am 10. Oktober 1989.

[18] Kurzmeldung im Tagesspiegel, Rubrik Kultur, am 8. Oktober 1989.

[19] Charts International, am 16. November 2009.

[20] „*The Telling* sind die Zukunft des Rocks", Interview mit Tom Prawon, in: Bravo, am 9. Juni 2018.

[21] K. Tembrins, *Anarchy and Her Chaos: Die Inside-Story*, Göttingen 2019, S. 104.

[22] „Die Band ‚*Restdeutschland*' driftet in das rechte Lager ab", in: Mitteilungsblätter der undogmatischen Linken, am 20. Juli 1978.

[23] „Und sie haben es wieder getan", in: Mitteilungsblätter der undogmatischen Linken, am 11. September 1983.

[24] Tembrins, S. 120.

[25] Tembrins, S. 121.

[26] „‚*Stalingrad*' ist kein faschistischer Text", Interview mit Lutz-Dieter Prawon, in: die taz, am 22. September 1989.

[27] Tembrins, S. 181.

[28] Tembrins, S. 153.

[29] Karin Meyer-Umstaedt, *Gesellschaft und populäre Ästhetik*, Berlin 2015, S. 74.

[30] Tembrins, S. 56.

[31] Franz-Jochen Mästmarker, „Wieviel Kultur steckt noch in der Popkultur?", in: Der Merkur, Meinung, am 13. März 1996.

[32] Jochen Hufnagel, „Protest? Fehlanzeige!", in: die taz, am 18. Mai 2020.

[33] Tembrins, S. 195.

[34] Branchendienst der Musikindustrie, Analyse, am 2. November 2018.

[35] Meyer-Umstaedt, S. 113.

[36] Uesyka Prawon, „Wenn der Bass den Ton angibt", in: Metal Hammer, Beitrag, am 30. August 2013.

[37] Tembrins, S. 66.

[38] Minor Opus, *Populäre Musik als Gottesdienst: Ein religiöses Pamphlet*, Frankfurt a. Main 1998, S. 91.

[39] Tembrins, S. 178.

[40] Tembrins, S. 183.

[41] „Die neue Lust an der Klassik", in: Stern, Analyse, am 29. April 2010.

[42] Die Quelle, die sie für diese Äußerung angibt, ist nicht zu verifizieren. Eine Nachfrage bei der Autorin ergab, dass sie sich nicht mehr erinnere, wo sie sie gelesen hat. Daraufhin wurde der Musiker selbst befragt, der ebenfalls keine Quelle angeben kann, aber meint, dass die Aussage nach wie vor zutreffe.

Leute in einer merkwürdigen Stadt. Es sei kein Roman, deutete Sullie an. Tom spürt in seinen Sinnen nach, wie Sullie ihren Kopf auf seinen Bauch bettet.

—¿Sind wir in Mina verliebt? —sagte Sullie.

—Nein —sagte Tom—, gern wär' ich ihr Vater.

Das hatte den Schalter umgelegt. Natürlich, er kannte Sullies Namen, und dies war bereits ein ernster Verstoß gegens heiligste seiner persönlichen Lebensgebote. Der Körper spürt sowas schon vorab; vor der Denkzentrale. Die hinkt immer bloß hilflos hintendrein.

—Nein —wiederholt Tom—, ich bin verliebt in dich.

Flüchtig streift ihn der heilige Paulus und dessen armseliger erster Brief an die Korinther. Todesurteil gegen den Sohn, der mit der Frau des Vaters verkehrt. Da man dem Apostel schlecht unterstellen könnte, dass ihm das griechische Wort für Mutter unbekannt war, war es eben *nicht* die Mutter. Dies bloß am Rande. ¿Was geht uns der Apostel an? Wir sind Menschenfischer gänzlich anderer Art. Die seine ist ausgestorben, und das ist auch gut so.

Tom halluziniert, wie er von dem Podest hüpft. Aber nein, zum Hüpfen ist er zu vorsichtig, inzwischen. Er deutet den Hüpfer nur an und stellt sich neben Violetta, die ihrer Geige zum Abschluss die überirdisch harte Zartheit von bitterem Süßstoff abverlangt, mehr als sie herzugeben bereit ist; aber Violetta bleibt unerbittlich. Und am Ende siegt sie über ihr Instrument; wie immer. Sie steht allein in ihrer Größe, während die übrigen sich mehr oder weniger in den Armen liegen, selbst Line treibt es hinter ihren Drums weg und sie schließt sich ihnen an. Die Rowdies geben Rauch, die Zuhörerschaft schießt durch die Decke. Wir werden es schwer haben, dieses Level zu halten, denkt Tom. Er schnappt sich ein Mikro.

—Ein Applaus für *The Telling*, ein Applaus für Mina, Gitarristin und Sängerin; und für Line, Drummerin und Sängerin; und für Forty, Bassistin und, manchmal, mehr gegen ihren Willen, Sängerin. ¡Diese unvergleichlichen Schwestern, unsre fucking geile Vorgruppe! —ruft Tom.

Reihum High Five. Mit ihrem Prinzessinnen-Lächeln verlassen die Telling-Mädchen die Szene. You have been told so. Im Auditorium fordert man Zugabe.

—Freut euch, sie kommen nachher noch mal zu uns auf die Bühne —brummt Tom.

Die Umbaupause hatten sie vorausschauend auf ein Minimum reduziert, um den Spirit, den sie einkalkuliert hatten, nicht abklingen zu lassen. Quasi nahtlos geht es weiter. AAHC haben auf der Setlist zuerst ein paar ihrer alten Gassenhauer, die unverdrossen funktionieren. Bei *(How it is to love a) Dead Woman Alive* erfasst Tom zum ersten Mal seit Jahren wieder echt der Blues. Bloß die ältesten der Fans werden sich fragen, ob Tom Ida treu bleibt, bis er ihr ins Grab nachfolgt, wann auch immer es sein wird. ¿Wer ist Ida je begegnet? ¿Wer erinnert sich? ¡Bei wem bleibt sie lebendig? Dead Woman Alive. Von den Band-Mitgliedern ist es bloß Violetta, die Ida alive erlebte. Als drogensüchtiges Straßenkind hatte Ida sie aufgelesen; aufgepäppelt; na ja, die Hauptarbeit war an Tom hängen geblieben. Er hatte es gern getan. Zunächst für Ida. Dann für Violetta. Jeden Handgriff war sie wert. Eine perfekte Tochter, auch wenn sie keine Tochter war. Aber dass es nicht Mina, nicht Line, nicht Forty ist, die Ida bedroht, das weiß keiner, auch Violetta nicht. Vom

Schluchzen erstickt, wechselt Tom ins Growling, was er bislang kaum getan hat. Geistesgegenwärtig wechselt Anarkie vom Growling in den Klargesang und wie selten bloß lässt sie ihren beweglichen, antiautoritär perlenden Alt hören, um das Gleichgewicht in diesem Duett zu wahren. Sie übernimmt Idas Rolle, die sie nicht kennt, die das Publikum nicht kennt (jedenfalls die wenigsten im Publikum), und sie übernimmt Sullies Rolle, die weit unwirklicher ist. Und Tom übernimmt die eigene Rolle. Gefühlt der Jungfernflug seines Lebens. Das Publikum kocht. Wir haben sie, denkt Tom, trotz der Mädchen. Oder wegen der Mädchen. Oder wegen Sullie. Es ist dies alles zusammen. Mit richtigem Timing. Alles dies passt zusammen. Über das Manuskript hatten sie nicht weiter gesprochen. Irgendwie waren sie weggetrieben, waren auf die Telling-Mädchen gekommen, von denen Sullie niemals zuvor etwas gehört hatte. Tom zeigte ihr einige von seinen Lieblings-Videos. Und dann das der Fans aus Kasien (sie stören sich nicht die Bohne daran, dass die Mädchen Liamsi sind), die die drei auf YouTube verfügbaren Aufnahmen des Stalingrad-Covers von *The Telling* mit AAHC-Live-Versionen in Parallele gesetzt hatten. Mina muss die Gitarre vom Kommander of Kaos, die Keys von Pussy Snake, ja die Geige von Violetta kombiniert spielen. Kompakt, differenziert, tiefgründig. Und honiggeschmiert. Koffeinhaltig. Ihre Finger, sie fliegen, als seien sie doppelt so schnell wie die eines Normalos, und seien es Normalos mit der Behändigkeit wie die von AAHC. Muss Anarkies Growling und Toms Stimme in einem modulieren. Line muss den komplexesten Klangteppich knüpfen, den Paula jemals zustande gebracht hat. Forty fällt die Aufgabe zu, diese Tonfragmente zu einem Hörerlebnis umzufunktionieren. Dabei imitieren sie AAHC nicht, nein, sie schaffen ein Kunstwerk aus eigener Kraft. Wo AAHC abgefuckt klingen, öffnen die Mädchen den Sound hin zu einer pastelligen Feinsinnigkeit. Wo Paula sich in einen Geschwindigkeitsrausch trommelt, bleibt Line Herr ihrer Sinne, auch wenn sie, erst 16 Jahre jung, bei der Version zum Schluss der Uraufführung von TMQR körperlich dermaßen fertig war, dass sie den einen oder anderen Schlag verhaute. Tom hasste den Pelotudo, der dies in einem Reaction-Video übergescheit anmerkte, nur um zu beweisen, was für 'ne Koryphäe er ist. Highlight der Video-Montage freilich bildet die Vokallinie. Mina vs. Anarkie und Tom. ¿Kann man growlen und klar singen gleichzeitig? Man kann. Jedenfalls Mina. Tom fiel es nicht schwer, in Ehrfurcht zu versinken. Sein Anspruch lautete, getreu Idas Order, schlechte Musik für schlechte Menschen zu machen. Genau dem Anspruch genügte er. Alles andere war für alle Anderen. Und *The Telling* waren die Besten dieser Anderen. Sie durfte er bewundern. Kaum bemerkte er, dass Sullie sich an seine Schulter schmiegte. Es ergab sich völlig natürlich, völlig unwillkürlich, völlig jenseits eines Bewusstseins. Der Obermufti in seinen Gehirnwindungen, der darüber wachte, dass alles mit rechten Dingen zuging, war kaltgestellt. Der Körper wusste gut, wie er das Bewusstsein umgehen konnte, wenn es notwendig werden würde. Jetzt war diese Notwendigkeit gegeben. Irgendwie musste ihm entgangen sein, dass Sullie mehr war als bloß irgendwer im Umkreis seines Papas. Sie musste über Einfluss verfügen. Sonst hätte sie ihm nicht zusagen können, für eine Erlaubnis zu einem Auftritt und vor allem für das freie Geleit der Telling-Mädchen zu sorgen. Jenes sinistre Roman-Manuskript trat in den Hintergrund. Eine eigenartige Story, später würde er sich darum kümmern. Um Sullies Andeutung. Sie fragen. Erst standen die Vorbereitungen des Auftritts im Winterland an. Und Sullie war da irgendwo in einem Auslandseinsatz. Geheim. Wie immer. Das kennt man ja von ihr.

Im Geiste sieht Tom, wie er Sullie im Arm hat. ¿Sieht? Er fühlt ihren Atem an seiner Seite. Den Atem eines Menschen, dessen Namen er kennt. So dicht wie der von Ida, den lang schon der Wind verweht hatte. Ida, du sollst keinen Namen haben neben dir. ¿Oder etwa doch? ¿Hatte Ida das gewollt? Sicher nicht. Eifersucht ist keine Krankheit, hatte sie gedichtet. Ein Song, dessen Aufführung sie nicht mehr erleben hatte dürfen, und den Tom unter Verschluss gehalten hatte über all die Jahre, bis AAHC ihn im letzten Herbst einspielten; auf Anhieb erreichte er die verfickten Herzen der Fans.

—Dieser Song ist noch von Ida O'Nety selbst geschrieben und komponiert worden; neulich haben wir ihn wiedergefunden —nasaliert Tom—, heute will ich ihn jemand Besonderem widmen. Sie ist nicht hier; im Ausland, wo immer du bist, er ist für dich: *Eifersucht ist keine Krankheit.*

Tom sieht, wie einige Mösen der Zuschauer sich angesprochen fühlen. Er kennt sie alle. Er erkennt sie alle wieder. Nur dieser Fuchs mit anthrazitfarbenem Hemd und auffälliger Krawatte fühlt sich nicht angesprochen. Sie weiß Bescheid. Tom sieht, wie sie ihrer Gefährtin etwas ins Ohr flüstert (eventuell: mir galt *Foxey Lady*). Ja, diese Gefährtin passt zu ihr. Sie tut ihr gut.

Tom hört, wie Sullie sagt —¿Sind wir verliebt in Mina?

Paula verheddert sich im Anfang.

—Fuck —sagt Paula.

Tom merkt, dass Paula neu ansetzten will.

—Schlechte Musik für schlechte Menschen —grunzt Tom ins Mikro; er macht weiter, als sei alles tutti paletti. Die Kollegen ziehen nach, bis auch Paula sich in ihr Schicksal ergibt und fröhlich dreinschlägt. Unter den Zuschauern sieht Tom Gesichter, die sagen, ok, nice, so kennen wir euch, so lieben wir euch. Die übrigen haben gar nichts bemerkt. Sie tanzen und rempeln, sie trällern mit, sie freuen sich des Lebens und kümmern sich um die da oben nicht. So wie es Ida genehm war. Eifersucht ist keine Krankheit. … man muss Flügel sein so man den Abgrund liebt du hast die schwerste Last gesucht und fandest dich doch Flügel muss man sein so man den Abgrund liebt …

Tom hört, dass sie es immer noch bringen. Dass sie zünden. Die Zuschauer, die Zuhörer fest im Griff haben. Die Mädchen sind gut als Vorgruppe, um die Stimmung anzuheizen, sie stehlen den Chaoten nicht die Show. Das wollen sie auch gar nicht. *(How it is to love a) Dead Woman Alive* soll heute, nach Toms unausgesprochenem Willen, der Abschied von Ida sein. Obwohl man neuerdings in den anrührenden Situationen keine Feuerzeuge mehr schwenkt, sondern Smartphone, kramen die uralten Fans wie früher ihre Feuerzeuge hervor. Wegen des epidemischen Nichtrauchertums gibt es stets zu wenige Feuerzeuge. Anarkie hat freilich vorgesorgt, tritt an den

Bühnenrand und verteilt eine Handvoll jenes outdated Plastiks unter den Leuten der ersten Reihen. In ihrem Solo baut Violetta Elemente von Brahms Thuner Sonate ein, quasi Andante, etwas aufgemetalt. Es macht fast nichts, dass Pussy Snake es verpeilt, und Rachmaninows zweites Klavierkonzert klimpert, bevor er sich einkriegt. Schlechte Musik für schlechte Menschen. Auch Anarkie schwenkt ein Feuerzeug. Sie legt Tom ihren freien Arm um die Schultern. Unausgesprochen mag ja sein, aber nicht unverstanden; man steht nicht drei Jahrzehnte zusammen auf der Bühne, um etwas voreinander geheim zu halten. Wollen. Können. Schiskojenno. Die Wehmut, Tom, ist wahr, wie damals, zu den alten Zeiten, noch nicht zum Tick runter gekommen. Runter gekommen. Wir sind runter gekommen, denkt Tom. Aber: Siegend werden wir sterben, nicht besiegt. Idas Vater war zu ihrer Beerdigung gekommen, Tom nicht zu dessen. Hijo de puta, vete a la mierda. Der hatte sich nie zu ihr bekannt, als sie es nötig gehabt hätte. Die Toten haben keine Ehre.

—¡i-de-a! —skandieren die älteren Männer. Auch ein paar Frauen, für die Ida ein Vorreiter gewesen war, oder, die jüngeren, die von ihr gelesen haben und sie posthum verehren. Tom sieht, dass die kupferne Krawatte und ihre Freundin sich beschwingt unter den Chor mischen. Ein Bild für Zeus, den Stier, ¿oder die Schaumgeborene Aphrodite? Ein unappetitlicher Mythos, der ganz tief in die Kastrationsängste eintaucht. Die Entmannung des Vaters durch den Sohn; und aus dem Sampling von per Sichelhieb entferntem Gemächte, Blut und Meerwasser entsteht *sie*. Da gephallt mir die Imago, wie Zeus seine geliebte Europa als Stier zu nehmen, denkt Tom, besser.

Altgriechische Sagen, auch so ein Flashback an Vater. Die Stimme, mit der er sie ihm erzählt. Dann haben sie sie zusammen gelesen; pädagogische Maßnahmen, damit der Kerl endlich mal Lesen lernt.

Nach so viel Rührseligkeit braucht es die kalte Dusche von Stahlgewitter. Doch Tom kriegt die Beine nicht auf den Boden und spielt nur mechanisch weiter. Er tritt in den Hintergrund und die Kollegen übernehmen. In ihn kommt erst wieder Leben, als er für den Abschluss die Telling-Mädchen auf die Bühne bittet; das strahlende Gesicht von Mina weckt ihn. Die Mädchen hatten interessanterweise *(If You Really) Hate Me Forever (say <Yes, I will>)* für den gemeinsamen Ausklang erkoren, den schmalzigsten aller AAHC-Songs aus ihrer Grufti-Zeit Ende der 1980er Jahre. Da Paula Drums spielt, wird Line Lead singen. Sie stampft auf die Bühne, springt, schaut rechts, schaut links, den Kopf wie ein Vogel ruckartig vor- und rückstoßend. Die Waden 'ner 18jährigen, denkt Tom. ¿Wollen wir zurück in die gute alte Zeit? Ida war 28 gewesen. Das blieb sein Ideal. ¿Aber real zurück? Normalerweise im Drum Kit eingesperrt, kommt Lines Show-Talent selten bloß zur Geltung. Ihre Stimme ist nicht so undogmatisch wie die der Schwester Mina, aber in ihrer scharfen Höhe unwiderstehlich. Sie schneidet sich in die Ohren. Ins Hirn. Ins Herz. Ins Fleisch. Geht ins Blut, für immer. Tom läuft hinüber zu Mina auf der linken Seite. Mina treibt ihre Gitarre auf das Level von Lines Stimme, während Tom nach unten ausbricht. Er gewahrt, wie Forty ihren Bass um den seinen flicht und kehrt sich ihr zu. Gemeinsam jammen sie eine endlose Weile in Kürze. Tom ist glücklich. Er denkt an Sullie. Es wird ein neues Leben beginnen, ein Leben nach Ida. Mit Ida. Sie muss nicht vergessen werden. Das Publikum verlangt Zugabe, weiter, weiter, und die Chaoten hatten sich bei den Vorbereitungen für *Als die Ratten sprechen lernten* entschieden, den irren Schlusssong von *The Tales of Miriam, the Queen of the Rats*, bei den Fans knackig TMQR. In einigen YouTube-Posts steht *Wie die Ratten sprechen lernten*, auch in Ordnung, aber der offizielle Song-Titel ist mit <als>, das ist der Wille der Dichterin. Forty schreibt (und komponiert) die Telling-Songs. In dem Album, das Forty mit 13 verfasste, alle Achtung, geht es um die Rattenforscherin Miriam. Mit einem Erzbischof zeugt sie ein Mensch-Ratte-Hybrid als Tochter. Die Tochter wächst im Keller des Erzbischofs auf, bis sie als eine betörende junge Frau, wohlgemerkt mit Rattenkopf, sich befreit und einer erschreckten Öffentlichkeit zeigt. Im Schlusssong des Albums fressen die Ratten, die den Vernichtungsfeldzug der Menschen gegen sie abwehren, Miriam, können daraufhin sprechen, während sie deren Tochter zu der Hohepriesterin ihrer neuen Religion küren, in der sie Miriam als Gottheit verehren. Der fröhliche Rhythmus und die leichte Melodie stehen in einem grotesken Widerspruch zum gruseligen Inhalt. Das Publikum schmettert begeistert mit. Jeder kennt den Text auswendig. Line leitet es bloß noch mit ihren Drum Sticks an. Mehr. Mehr.

—Ein herzliches Dankeschön an die Schwestern von *The Telling* —sagt Tom—. Mina, Line, Forty. You have been told so. *The Telling.* Queens of the Rats … Wir sind *Anarchy and Her Chaots.* An den Drums: Paula Harun. An der Gitarre: Kirk, der Kommander of Kaos. An den

Keys: Pussy Snake. Vocals: Anarkie. Als Gast, the one and only Violetta Mandarin, Geige. Meine Wenigkeit hört auf den Namen Tom Prawon und bediente euch am Bass. Schön, dass ihr da wart. Auf Wiedersehen und bis bald, so es uns die Gesundheitsministerin erlauben wird.

Derweil das Publikum sich langsam verstreut, lungern die Musiker noch auf und hinter der Bühne rum. Einige jammen miteinander weiter. Wer von den Zuschauern sich traut und wen die Bodyguards durchlassen (die der Mädchen sind strenger als die der Chaoten), stößt dazu und lauscht denen, die jammen. Tom nimmt auf einem Marshall Platz und lehnt sein Kreuz erschöpft an die Wand, die robust und kühl Halt bietet. Mina setzt sich neben ihn, rollt sich dann ein und kuschelt den Kopf in seinen Schoß. Fast unmittelbar scheint sie wegzudösen. Tom zögert, mit seiner Hand ihren nackten Arm zu berühren; auf Dauer ist es aber zu anstrengend, sie über Mina schweben zu lassen. ¿Wohin mit ihr, wenn nicht auf ihrem Arm? Ihre myrtehafte Haut ist weich und fest, vor allem bezirzend und verheißt Zukunft. Weswegen müssen alle Mädchen heute sich die Achseln rasieren? Von den Muschis ganz zu schweigen. Ida tat das nicht, wie kein Hippie-Mädchen das jemals getan hätte. Tom denkt an Sullie. Wann sie zurückkommt, hat sie nicht gesagt. Geheim. ¿Worauf habe ich mich bloß eingelassen?, denkt Tom. ¿Wo bin ich da hinein geraten? Er weiß, dass Lutz-Dieter tiefer & tiefer in Sachen des Geheimdiensts verstrickt war, von denen Tom gar nichts wissen wollte. Auch die rattenscharfe Frau mit dem Ginger-Gen schaut vorbei, und wortlos stellt sie Tom ihre Freundin vor. Die

Sommersprossen leuchten ekstatisch in der Nacht. Gut, dass es dir gut geht, denkt Tom. Sie weiß, dass ich das denke. Ich muss es nicht sagen. Ich muss nichts sagen. Für sie hatte er *I'm Not Ready for You (Foxey Lady)* geschrieben, damals. Sie wusste es. Sie weiß es immer noch. Non-verbal. Pussy Snake krallt sich Forty. Kein Entkommen möglich. En stellt das Keyboard auf Orgel um. Forty ruckelt den strassfunkelnden Gürtel ihrer Hotpants in Form, zupft den Bass mit spitzen Fingern und macht einen auf Elvis-Lippe.

—Ach, Brudi —sagt Forty—, das funxt nicht.

Die Umstehenden bestärken die beiden jedoch, mit dem Experiment fortzufahren.

—Du wirst schon sehen —sagt Pussy Snake—, eine korrekte Pfeifenorgel, das funxt, so ätzend korrekt, Baby. Die in der Versöhnungskirche, die würden uns ja schon ran lassen. Ich hab' da mal vorgefühlt.

Paula und Line gesellen sich zu ihnen; auch sie feuern Forty und Snake an, einträchtig wie selten.

Mina schnarcht anmutig, wohltemperiert; in leisen Passagen des Spiels von Snake und Forty vernimmt Tom es. Wenn Ida nicht gestorben wäre. Nein, Ida sich als Mutter vorzustellen, unmöglich. Doch, überhaupt nicht unmöglich. Violetta, sie ist unsere Tochter. Wenn ich nicht so unvernünftig gewesen wäre, an dieser Liebe zu einer toten Frau festzuhalten, dann …, vorstellbar, wäre, oder hätte … Mina wäre nicht meine Tochter, sondern meine Enkelin. Immer vertue ich mich, was mein Alter betrifft. Aber wann ist die Liebe schon vernünftig? Was für eine verzogene Vernunft, die der Liebe im Wege steht. Solch eine Vernunft kann mir gestohlen bleiben.

Schließlich findet auch diese cutiful Zeit ihr Ende, und es geht an den Aufbruch. Forty kommt, um Sis aus dem Himmel ihrer Träume zu entführen.

—Mina skyt … —trällert Forty, jumpt aufgekratzt und klatscht in die Hände—. Unsere Babo-Sis skyt endlich auch mal … in the sky with diamonds.

—¿Skyt? ¿Wer? —sagt Mina schlaftrunken und fährt sich mit der Hand durch ihre hyperperoxidierte Mähne. Tom liebte ihre schwarzen Haare, die sie damals hatte, in ihrem Musikkeller. Sie hätte es nicht nötig, dass sie sie aufhellt. Aber das ist ihre Sache. Ihre Haare. Ihr Leben. Sie will sich von ihren Schwestern unterscheiden. Sie will eine von uns sein. Du bist es durch deine Stimme. Durch deine Musik. Aber mach' mit deinen Haaren, was du willst, Liebling. Wenn sie richtig wild drauf ist, lässt sie sich links blondieren, rechts in Bronze verkupfern. Das ist nicht nach Toms Geschmack. Line hatte sie mal violett, mal blau, meist bleiben ihre Haare so schwarz wie sie sie nun mal sind. Forty lehnt jeden Eingriff ab. Natur im Haar. Doch ansonsten nimmt sie alles mit, was das Make-up drauf hat. Wenn sie nichts Besseres zu tun weiß, gibt Forty auf TikTok Schmink-Tipps an Altersgenossinnen, die girliemäßiger kaum sein könnten. Tom schüttelt sich. Achtet aufs Herz, nicht auf die Spachtelmasse im Stacyface. ¿Aber was sollen solche vorlauten, klugscheißenden Ratschläge derer, die auf ein vergeigtes und dissonantes Leben zurückblicken? ¿Was haben sie euch zu sagen? Sie dienen maximal als schallgedämpfte Beispiele. Sind für die Lebendigen zu gar nix brauchbar. De gustibus et coloribus non est disputandum. Ok, Tom war, linker Papa her, linke Mama hin, aufs altsprachliche

     Winterland-Auftritt

Gymnasium gegangen. Bis er Ida bei jenem Happening begegnet war und sich nicht mehr zurückpfeifen ließ. Nun, wir wissen immerhin, meinte Toms Vater, dass das Gymnasium Revolutionäre hervorgebracht hat; die Gesamtschule wird nur die Duckmäuser der Ungleichheit für alle reproduzieren. Die einzige, die mal ein bisschen busenbetonter auftritt, ist Line, von der Körbchengröße die kleinste der Schwestern. Wenn man auf Titten scharf ist, muss man woanders zur Pirsch gehen. Tom hat noch niemals gesehen, dass sie 'nen bloß notdürftig verhüllten erigierten Nippel zeigen, wie Andre; er denkt da an Beth Hart zum Beispiel. Keine kann mit ihrer Interpretation von *Whole Lotta Loving*, Old River Saloon, Etne, in Norwegen, am 17. August 2011, mithalten; das Original schon gar nicht. ¿Sieht sie Sullie nicht ein bisschen ähnlich? Aber nur ein bisschen. An Sullie kommt keine heran. In der Mitte zwischen der Großen, nein, der Ältesten und der Kleinen (von ihrer Körpergröße die Große), ist es immer am schwersten, verstehe schon. Line hätte es am allerwenigsten nötig, sich zu strecken, weil der, nach Paula, weltbeste Drummer. Unterstützt Forty beim Texten und Komponieren. Jeder kennt dein Show-Talent. ¿Was willst du mehr? Du willst mehr. Du willst die sexyste Woman on Earth sein. Meinen Segen hast du. ¿Aber muss ich mich zwischen euch entscheiden? Ich habe mich für Sullie entschieden, sorry. Auch nicht grad' mein Alter, doch um Jahrzehnte näher dran. ¿Wollt ihr denn mein Urteil? ¿Heiß' ich etwa Paris? Ich überschätze mich, wie stets. Holt mich runter auf die Erde, damit ich Tritt fasse und noch ein bisschen leben und atmen kann; auftanken. Danke. Tom fühlt, wie er heiß auf Sullie ist. Die erste Liebe nach Ida. Hex. Hex. Nein, *für* Ida. Ja, und vielleicht haben Delphine Sullie bereits zurück ans Land gebracht. Bloß ihr Krankenschwester-Wir, das kann ihm getrost gestohlen bleiben.

—Unwichtig —sagt Tom in Beantwortung von Minas Frage ¿Skyt? ¿Wer?

Tom geht vorweg, Mina hängt sich ein. Als sie gut gelaunt, wenn auch verschlafen und müde den Eingang passieren wollen, werden sie erwartet. Ein uniformierter Arm, der nur seine Pflicht tut, greift nach Mina. Handschellen schnappen. Geistesgegenwärtig dreht Tom sich um und flüstert dem wacklig hinter ihm her trottenden Kommander of Kaos zu.

—Bring Line und Forty in Sicherheit —sagt Tom—, die Moquita muerta hat mich verraten.

Bloß die Sorge um Mina hält ihn auf den Füßen. Am liebsten würde er zusammenklappen und sterben. Sullie hatte ihn reingelegt. Eine Falle gestellt. Geheimdienst. ¡Wie konnte ich nur so ein Idiot sein! Macht mir was vor von Liebe und von Eifersucht und dann … Wer dir kann geben, was du willst haben, der kann dir nehmen, was du willst wahren. Eine alte Kasiweisheit im Umgang mit Liebe und Macht. Kennen alle, die auch bloß etwas Grips im Kopf beherbergen, nicht nur Stroh. Niemand will sie wahrhaben. Mina rafft offenbar nicht, was hier Ansage ist. Widerstandslos lässt sie sich abführen.

Einer der Scheißbullen rechtfertigt sich vor Tom.

—Wir tun nur unsere Pflicht —barmt der Bulle.

—Huevón —sagt Tom heiser—, vete a la Mierda und steck dir deine Pflicht in die Coño, wo du nicht hast.

Sullie Becker

⚠ Eintrag auf Anordnung
der Gesundheitsministerin
auf unbestimmte Zeit
gesperrt. Dokumentiert bei
Mickypedia und einsehbar.

Diskussion: Sullie Becker
Schande über Mickypedia,
das Dokument enthält keine
Anordnung, sondern eine
Empfehlung. Voraus-
eilender Gehorsam.
-- hombueno
hast du tomaten auf den
augen? (nicht signierter
Beitrag)
Als Juristin stimme ich
hombueno vollumfänglich
zu. -- Marie Kuchelt
Ich warne vor einem leicht-
fertigen Umgang. Eine
öffentliche Diskussion der
Anordnung wird sicherlich
nicht toleriert werden. Sage
ich hier als Privatperson.
-- Sigmar Vorhelt
Die Entscheidung ist nach
eingehender Prüfung und
in Übereinstimmung mit den
Nutzungsbedingungen,
denen alle user zustimmen,
gefällt worden. -- admin
Mickypedia hat eine Auf-
gabe und eine Mission,
und die ist sicherlich nicht,
sich den Herrschenden als
Kriecher zu unterwerfen.
-- barbarojo
Schwere Geschütze,
barbarojo, Mickypedia ist
keine Guerilla-Organisation,
sondern eine Informations-
Plattform. -- admin
Information, genau, aber
eben objektiv und nicht
unter der Knute der
Gesundheitsministerin.
-- Marie Kuchelt
Jetzt doch als Presse-
sprecher: Das Recht auf
objektive Information ist
das höchste Gut der
Gesundheitsministerin. Es in
Frage zu stellen, wird nicht
ohne Folgen bleiben.
-- Sigmar Vorhelt
Die Legislative droht der
Judikative. Gewaltenteilung
im Arsch. -- barbarojo
Lass Sullie bloß in Ruhe,
Sigmar Vorhelt, sonst wirst
du Star meines nächsten
Songs. -- Tom Prawon
Freu mich drauf, ist mir eine
Ehre, bin AAHC-Fan.
-- Sigmar Vorhelt
könnt ihr nicht einfach mal
akzeptieren, dass die
meinungsfreiheit, die ihr wie
eine monstranz vor euch
her tragt, ihre notwendige
grenze hat in gesundheitspolitischen belangen? geht
euch das nicht in die birne?
ist doch schon lange in den
usa höchstrichterlich fest-
gestellt worden. es gibt
null recht, in einem voll
besetzten theater „feuer!"

---

zu schreien. (nicht signierter Beitrag)
Zum Sachverhalt stelle ich fest: 1. In der Entscheidung von Oliver Wendell Holmes 1929 ging es um die Frage, ob das Eintreten für den Pazifismus durch die anderweltliche Meinungsfreiheit abgedeckt sei und der Richter lehnte es mit diesem zweifelhaften Bild ab. 2. Die Anwendung des Bildes auf den jeweils gegebenen Fall ist genauso schwierig wie eine Abwägung ohne das Bild. Es erfüllt eben nur rein propagandistische Zwecke. 3. Selbst wenn wir dem Bild doch eine rechtsgültige Bedeutung beimessen würden, würde es auf den vorliegenden Fall nicht anwendbar sein. Es ist nur anwendbar auf Appelle zur Tat . -- Marie Kuchelt Informationen werden als Waffen eingesetzt. Das war 1929 noch nicht absehbar. Insofern sieht sich die Gesundheitsministerin nicht an das vorgenannte Urteil gebunden. -- Sigmar Vorhelt
Wir könnten sinnvoll darüber nur diskutieren, wenn uns der Zugang zu den Informationen gewährt werden würde. -- hombueno

Bleibt festzuhalten, dass Sie dies alles hier frei aussprechen dürfen. Die Gesundheitsministerin sieht keine Einschränkung der Meinungsfreiheit. Sie ist im Gegenteil ohne jede Einschränkung gegeben. Die einzige Einschränkung tritt dann ein, wenn die Gesundheit unserer Bevölkerung auf dem Spiel steht. -- Sigmar Vorhelt
Logik ist nicht gerade Ihre Stärke oder die der Gesundheitsministerin? Ohne Einschränkung ... die einzige Einschränkung ... Irgendetwas stimmt da doch nicht. -- barbarojo
Das sehe ich auch so. -- Marie Kuchelt
Das können Sie meinetwegen halten wie der Dachdecker. -- admin
Ist wohl die neueste Masche der Herrschenden: die Leute quasseln lassen, bis es ihnen zum Halse raushängt, und dann doch machen, was auch immer ihnen in den Kram passt. Dann schert sich keiner mehr für die Meinungsfreiheit und jeder stimmt allem zu, was von oben kommt. Insofern haben wir hier heute genau die „Gesellschaft ohne Opposition", von der Herbert Marcuse bereits 1964

MAUER DES SCHWEIGENS

Er war von Ehrfurcht gebietender Statur, Leo Len-Nila, als er vor den intimsten Kreis seiner Berater und Befehlshaber trat, Haare und Bart weißgelb und zerzaust; im Gegenlicht konnte man darin einen Heiligenschein oder einen teuflisch weißen Löwen sehen, je nachdem, was man sehen wollte in ihm. Wahrscheinlich war er beides. Mit gezielt narkotisierenden Worthämmern legte er dar, ihr (sein) Ziel bestehe darin, ein Kasien zu gründen, das den Sozialismus in der unverfälschtesten und schärfsten Form verwirklicht.

—Hierzu ist es nötig, unser Volk zu einen und sowohl von den liamesischen Fremden zu trennen als auch von den internen Feinden, die weitaus gefährlicher sind. Die Liamsi denken genauso wie wir, das versichere ich euch, Genossen; auf diesen romantischen Blödsinn von Peter-Joseph Kutscher und seinem wirren Büttel Bertram Jak werden sie nicht hereinfallen, wie es so mancher unter uns leider tut. Deswegen sind auch sie unsere Feinde. Aus Fremden Gäste machen, das ist der romantische Blödsinn des Klassenfriedens in neuen Schläuchen.

An dieser Stelle wird von ernsthaftem Gekicher unter den Genossen berichtet, die ansonsten ja Humorlosigkeit zur Schau stellen, und die Worte des Führers geben zum Lachen keinen Anlass; bekannterweise ist Lachen jedoch ein Verstärker des Gruppenzusammenhangs und die Gefolgschaftsbekundung einem Führer gegenüber.

Tom erinnert sich an diesen Namen Leo Len-Nila aus dem Geschichtsunterricht. Von der Statur her war sein

Lehrer das Gegenteil dessen, was Lutz-Dieter Prawon, Toms Vater, über Len-Nila schrieb. Die Stimme des Lehrers schlafstörend stichelnd, der Content schlaf-fördernd mickrig. Er steht da, macht ein paar hilflose Schritte, bei jedem Schritt klackern die Absätze seiner zu großen Schuhe a-rhythmisch, was Tom zum Wahnsinn treibt. Es war ein Schrott gewesen, Geschi im Leistungs-kurs zu nehmen, bei diesem Pauker. Der Pauker erklärt die Genese des Kasien-Konflikts, aber Tom hört nicht hin. Er stellt sich taub, weiß Bescheid. Hat die Partitur komplett im Kopf. Der Ton macht die Musik. Die Kasi sind Imperialisten, Kolonialisten, sie unterdrücken die Liamsi, kennen keine Gnade, rauben das Land und ver-mutlich ficken sie auch deren Frauen, damit sie mehr werden und ihr Apartheid-Regime festigen können. Das weiß doch jedes Kind, sofern es nicht am System klebt wie Taubenkacke am Nest derselben. Im Hintergrund ist immer noch Len-Nila forte vernehmbar, wenn es um den Kasien-Konflikt geht. Als Len-Nila starb, war Tom siebzehn und vor Jahr und Tag in die Kommune von Ida gezogen, hatte Mama und Papa verraten und verratzt. In der Kommune war man natürlich für den Liamon und die Befreiungsbewegung. ¿Natürlich? Es gab auch leise-treterische Kasiophile. Immerhin herrschte da Sozialis-mus, wie Tom zu seinem Erstaunen hörte. Der Liamon war weit entfernt davon. Toms Vater hielt ebenso natür-lich zu Kasien, entgegen den sozialistischen Freunden, und doch gab es immer, wenn er dieses Land erwähnte, eine spezielle Reaktion. Tom erinnert sich, dass er jedes Mal wieder aufs Neue irritiert war. Lutz-Dieter drückte seine Emotionen nie aus, sie zeigten sich bloß an einer

 Mauer des Schweigens

einzigen a-rhythmischen Zuckung seines Kehlkopfes. Höchste Anspannung. Höchste Gefahr. Die Telling-Mädchen sind Liamsi, ihr Vater ist ein hohes Tier in der Befreiungsbewegung. Sie halten sich bedeckt. Und Tom will lieber gar nichts mehr mit all dem zu tun haben. Die Liamsi scheinen auch nicht besser zu sein als die Kasi. Dies ganze Pack soll's Maul halten, verschwinden und die Welt in Ruhe lassen mit seiner Kakophonie.

Das Manuskript, das vor ihm liegt, ist ein *Coat of Many Colors*, Punk-Version. Teils vergilbte Blätter, Buchstaben auf Schreibmaschine gehackt, der alten Olympia, die auch Tom bei seinen ersten Gehversuchen in Sachen des Textens benutzt hatte. Anschlag-Ruck, Anschlag-Ruck, Anschlag-Ruck, und am Ende der Zeile ein Klingklong. Dieser Groove eines geschriebenen Gedankens. Zwischendrin handschriftliche Notizen. Lutz-Dieters Handschrift ist steil und zwar regelmäßig, für Uneingeweihte freilich kaum leserlich, weil alle Buchstaben sich zu sehr ähneln in ihrem Auf und Ab. Prints vom Computer, manche gar noch mit Nadeldrucker. Tom hört jenes Geräusch, das dem beim Zahnarzt ähnelt. Gesampelt und remixed.

In Len-Nilas Gruppe gab es einen Singvogel und der Inhalt seiner Ansprache wurde Kutscher und Jak zu Gehör gebracht. Oder Len-Nila wollte es so, denn ungern überließ er etwas dem Zufall. Vielleicht sollte es eine indirekte Warnung sein. Die beiden Freunde hatten eine gewisse Anhängerschaft unter den Kasi und verstanden es auch, etliche Liamsi zu Gästen zu machen, vor allem in Urbsimsa. Ich schreibe *Gäste* nach der Lehre von Jak. Ihre Freundschaft hatte eine schwere Probe zu bestehen, als Jak beim Ausbruch jenes Ersten Weltkriegs in den Kriegstaumel einschwenkte und trotz der herrschenden Antikasi-Stimmung zu den diesländischen Waffen rief. Kutscher vermerkte, enttäuscht und zerknirscht, im Tagebuch, jetzt, wo Jak zum ‹Jak der Krieger› geworden sei, sei nichts mehr zu hoffen, nurmehr alles zu tun.

Tom entsinnt sich daran, wie sein Kumpel Klaus und er das Flugblatt verteilten, mit bibbernden Händen. Die verfickte erste politische Aktion, an die er sich erinnert. Dreizehn muss er gewesen sein. Das Flugblatt, damals etwas Aufregendes und Ungewohntes. Gemeinsam mit Klaus hatte er den Liedtext (*Song* sagte noch niemand, ein Sprachmischmatsch wurde verachtet, vor allem von der Mama) *¡Hurra, ein Lichtlein brennt!* der Band (¿sagte man schon *Band,* oder was? ¿Gruppe?) *Restdeutschland* abgetippt, auf der Olympia-Schreibmaschine des Alten – damals titulierte Tom den Vater in Gedanken nur als ‹der Alte›; das ist natürlich lange ausgestanden. *Restdeutschland*; deren Sängerin Ida O'Nety, das war sein ein und alles. Klaus schwärmte genauso für sie. Der Liedtext, durch den die Toten beim Kaufhausbrand verulkt werden. Jedenfalls nach Standpunkt der Gesundheitsanwaltschaft, die Anklage erhoben hatte gegen Ida. Und Klaus' Alter verteidigte sie. So war der Kontakt überhaupt zustande gekommen. Es hatte da einen Kaufhausbrand gegeben, wahrscheinlich (¿politisch motivierte?) Brandstiftung, mit vielen Toten. Toten Konsumtrotteln, die in dem Flugblatt den toten Liamsi gegenüber gestellt wurden. Warum die verfickten Bürger über das Eine sich erregen, das Andere dagegen geduldig hinnehmen. Eine mögliche Frage. Der Stil aber war, wie Tom heute denkt,

    Mauer des Schweigens

unmöglich. ¿Wie?, ¡er erlaubt sich eine Kritik an Ida! Nicht wirklich. Sie hatte den Text nicht verfasst. Er steht auf dem Schulhof und verteilt das Flugblatt, was verboten ist. Die Sängerin angeklagt. Ein Fall von Zensur; für Lutz-Dieter ein Sakrileg, jedenfalls insoweit es vermeintlich linke Inhalte betrifft. Obzwar er den Stil des Liedes und damit auch des Flugblatts nicht gutheißt. Tom wird zum Direktor zitiert, und der schreibt einen Brief an seinen Alten, mit dem er ihn über die Machenschaften seines Sohns informiert; die Drohung, sie liegt im Infraschall-Bereich. Der Alte schreibt dem Direktor zurück, samtpfötig, verbindlich und knallhart. Er versichert dem Direktor, nicht auf dessen Informationen angewiesen zu sein, was sein Sohn tue; er wisse das und lasse ihm jede Freiheit, selbst wenn er mit ihm nicht übereinstimme. Zudem wies er den Direktor darauf hin, freie Meinungsäußerung wäre ein Grundrecht und die Säule der Ordnung, auf die er als Beamter verpflichtet sei. Der Prozess hinge zwar noch in der Schwebe, aber es bestehe kein Zweifel, dass RA Alexander Breitweg einen Freispruch für die Angeklagte Ida O'Nety erreichen würde. Hochachtungsvoll, Ihr sehr ergebener LDP. Der Direktor war sprachlos und ließ Tom fortan in Ruhe. Ein anderer Lehrer – der Brief war offenbar krachend eingeschlagen – verlas ihn vor einer höheren Klasse, als ein Beispiel für beispielhafte Toleranz. Die gleiche Toleranz galt freilich nicht in die andere politische Richtung. Genau diese Doppelmoral hatten Ida und er ein paar Jahre später mit dem Song *¡Viva la huelga!* anprangern wollen und den genau richtigen Ton getroffen. Die Linke jaulte auf und zeterte: Solidarität mit den streikenden Lasterfahrern des fernen Gestades, in ihrer Existenz durch die Politik eines verehrten Sozialisten, Hoffnungsträger der ganzen Welt, bedroht, geht entschieden zu weit. Das ist kleinbürgerlich, konterrevolutionär, ja faschistoid. Tom erinnert sich gut, wie in dem Zentralorgan des westherrschaftlichen Sozialismus (welcher aber noch nicht einer Gesundheitsministerin unterworfen war) wohlgenährte Journalisten den Überlebenskampf der Lasterfahrer-Familien genüsslich durch den Kakao ziehen. Der Geheimdienst finanziert sie, das lässt sich doch klar ablesen an diesen ausgemergelten Gesichtern ihrer Kinder. Die Frauen bringen den streikenden Männern Stullen, ¡was für eine komische Oper! Toms Alter biss die Zähne zusammen, wortwörtlich gesagt, und hatte Mühe, an sich zu halten. Wie viel Mühe, konnte Tom am Kehlkopf des Alten abzählen. Tom sieht es vor sich. Sieht ihn vor sich. Und vor allem hört er ein kurzes Glucksen des Schluckens, das von innen ans Trommelfell schlägt und den Widerhall nach außen leitet.

Zwei Jahre später, der Kriegstaumel war einem gegenseitigen Abschlachten eines bewegungslosen Stellungskriegs gewichen, klopfte Jak bei den Kutschers an die Tür ... die Schlacht beginnt die Gräben sind verschanzt Feldzeichen und Geschütze aufgepflanzt dann streicht der Kugelregen durch die Flur und streift die Männer weg wie eine Schur Kommandoruf ergeht von Korps zu Korps und neue Bataillone stürmen vor worauf wenn sich verzogen Marsch und Ritt geht einer übers Feld wie nach dem Schnitt und wie ein Ackersmann dem man zertrat die reifen Halme und zerschlägt die Saat hebt er die Hände schmerzerfüllt und schwer wie strafend

Peter-Joseph Kutscher

Peter-Joseph Kutscher, *1870, 1947 verschollen, im Interesse der Angehörigen 1965 für tot erklärt. Er war ein diesländisch-kasischer antimilitaristischer Aktivist und Politiker der Räterepublik 1919, der er aber kurz nach ihrer Gründung den Rücken zukehrte. 1933 ging er mit seinem Freund Bertram Jak nach Urbsimsa in den Liamon, um dort erneut und wiederum erfolglos zu versuchen, seine Ideen zu verwirklichen.[4] Bei den Kämpfen um Urbsimsa weigerte er sich, die Stadt zu verlassen. Seitdem verlor sich seine Spur.

Idee der Revolution

Die Revolution verbinde sich zunächst, analysierte Kutscher, mit dem nationalen Gedanken und zwar gerichtet gegen einen Gesundheitsbegriff, der seine Legitimität aus den Gegebenheiten militärischer Eroberungen oder fürstlicher Heirats-politik ableite. Gegen Grenzen des Einfluss-gebiets eines Gesundheits-ministeriums, die sich an den Interessen „despotischer Monarchen" orientieren und die dem „militärischen und scheinrechtlichen Kalkül" entspringen, setze die Revolution das Selbst-bestimmungsrecht.[1a] Kutscher schränkte ein, das „Selbstbestimmungsrecht, von dem wir ausgehen, ist allerdings nicht ein Selbst-bestimmungsrecht der Nationen, sondern das Selbstbestimmungsrecht der Bevölkerung".[1b] Den Unterschied verdeutlichte Kutscher am Sezessions-recht: „Wenn die Einwohner eines Gebietes, sei es eines einzelnen Dorfes, eines Landstriches oder einer Reihe von zusammen-hängenden Landstrichen, durch unbeeinflusst vorgenommene Bekundungen zu erkennen gegeben haben, dass sie nicht in dem Verbund jenes Gesundheitsministeriums zu bleiben wünschen, dem sie augenblicklich angehören, sondern ein selbst-ständiges, weiteres Gesundheitsministerium bilden wollen oder einem anderen Gesundheits-ministerium anzugehören wünschen, so ist diesem Wunsche Rechnung zu tragen. Nur dies allein kann Kriege zwischen den und innerhalb der Gesundheitsministerien wirksam verhindern."[1c] Kutscher schränkte hier das Sezessionsrecht ausdrücklich nicht ein bezogen auf irgendwelche ethnischen, sprachlichen oder religiösen Zugehörigkeiten. Das heißt, „es handelt sich nicht um das Selbstbestimmungsrecht einer angeblich national geschlossenen Einheit".[1d] Weder dürfe ein nationales Gesundheitsministerium die Sezession eines Gebietes unterbinden, auch wenn es zur gleichen historischen, ethnischen, linguistischen oder religiösen Einheit gehöre, noch dürfe es „Teile der Nation, die einem anderen Gesundheits- gebiet angehören, wider deren Willen aus ihrem Gesundheitsverbund loslösen und dem eigenen Gesundheitsministerium einverleiben".[1e] Die Bewohner müssen entscheiden können, zu welchem Gesundheits- ministerium sie gehören; die Gesundheitsministerin dürfe nicht entscheiden, wer zu ihrem Gebiet gehöre oder nicht gehöre, selbst das nationale Gesundheits- ministerium nicht.[1f] Die übersteigerte Radikalität

dieses Sezessionsrechts brachte Kutscher in Gegen- satz zu sowohl den Räte- revolutionären als auch zu den Gründern Kasiens wie Leo Len-Nila.

Idee des Sozialismus
Was Kutscher im Anschluss an Proudhon mit Sozialismus meinte, beschrieb er 1911 so: „Der selbstständige Einzelne, dem keiner in das hineinspricht, was seine Sache allein ist; die Haus- gemeinschaft der Familie, der Heim und Hof ihre Welt sind; die Ortsgemeinschaft, die autonom ist; das Amt oder der Gemeinde- verband: So spitzt sich die organisatorische Ebene der Verbände Ebene für Ebene zu und erfüllt eine immer kleinere Zahl von Aufgaben – so sieht eine Gesellschaft aus, das allein ist der Sozialismus, für den zu wirken sich lohnt, der uns aus unserer Not retten kann."[2]
Danach stellte Kutscher zwei Sozialismus-Versionen gegeneinander. Zunächst das negative Modell: „Vergebens und verfehlt sind die Versuche, in Gesundheitsministerien und -verbünden das Zwangs- regiment unserer Zeiten [...]

noch weiter auszubauen und ihren Bereich noch weiter auf das Gebiet der Wirtschaft zu erstrecken, als es bisher bereits gesehen ist. Dieser Polizeisozialismus, der jede Eigenheit und jeden regen Schöpfergeist erstickt, wäre nur das Siegel auf den völligen Zerfall unsrer Völker."[2] Es sei betont, dass Kutscher seine Auffassung des Sozialismus gegen jegliche Intervention der Gewalt von Gesundheitsministerien in die Wirtschaft richtete, was ihn der gesamten sozialistischen und revolutionären Bewegung entfremdete. Abschließend bündelte er seine romantische Sichtweise dessen, was ihm zufolge Sozialismus stattdessen sei, in einem Satz: „Ein Zusammenschluss natürlicher Art ergibt sich für uns Menschen nur da, wo wir in örtlicher Nähe, in wirklicher Berührung beisammen sind."[2] Bertram Jak, einer von den Wenigen, die Kutschers Idee folgten, fasste diese romantische, um einen weit stärker hochgeschraubten Individualismus verschärfte Sichtweise so zusammen: „Der Sozialismus kann nur aus dem Geiste der Freiheit und freien Vereinigung erwachsen, er kann nur inmitten der Einzelnen und ihrer Gemeinden entstehen und gedeihen."[3]

Kritik

Der Gründungsvater Kasiens, Leo Len-Nila, warf Kutscher vor, die Sache des Sozialismus gemeinsam mit der kasischen Sache verraten zu haben.[5] Der bedeutende nebenländische Philosoph Jean-Paul Ertras, selbst ein Kasi, fasst dagegen zusammen, Kutscher hätte, gemeinsam mit Bertram Jak, den kasischen genozidalen Expansionismus vorbereitet und unwidersprochen gelassen.[6]

🛈 Der folgende Abschnitt entbehrt der Quellenangaben. Bitte helfe Mickypedia, indem du sie hinzufügst. Dann kann dieser Button entfernt werden.

Bedeutung für die Gegenwart

Für lange Zeit waren die Gedanken Kutschers in Vergessenheit geraten. Aber gegenwärtig gibt es augenscheinlich eine Art Renaissance, die seine

Ideen erneut in den Focus von gesundheitspolitischen Überlegungen hebt. Dies ist nicht nur umstritten, sondern auch Gegenstand von gesundheitspolitischen Interventionen, weil diese Entwicklungen als gefährlich eingestuft werden. Dennoch scheint es notwendig zu sein, sich mit den Gedanken Kutschers auseinander zu setzen, um diese Entwicklungen richtig einschätzen zu können. Wohin diese Entwicklungen führen, können wir zwar nicht wissen, aber um eine grobe Übersicht über die Möglichkeiten zu erhalten, wäre es wünschenswert, wenn von all den Kräften, die die Erhaltung der gesundheitspolitischen Stärke anstreben, auch eine sachliche Widerlegung der Argumente von Kutscher erfolgen würde, weil sonst die Gefahr besteht, dass bestimmte unbedarfte Leser:innen ihn wiederentdecken und Urteile fällen, die denen der Gesundheitsministerin entgegen stehen. Da die Gesundheitsministerin jedoch zweifellos auf den Füßen der Wissenschaft und der von neunundneunzig Prozent aller Philosophen vertretenen Lehre steht, dürfte es ein Leichtes sein, zu erklären, wo er geirrt hat und statt Frieden in Wirklichkeit Krieg predigte.

Einzelnachweise

[1] Peter-Joseph Kutscher, *Die Abschaffung des Kriegs durch die gesundheitspolitische Selbstbestimmung der Völker*, Jena 1927, S. [a]104, [b]97, [c]96, [d]96, [e]97, [f]123.
[2] Peter-Joseph Kutscher, *Aufruf zum Sozialismus*, Köln 1911, S. 166-167.
[3] B. Jak, *Auf Urbsimsas Spuren*, Urbsimsa 1945, S. 340-341.
[4] Robert Grün, *Das Scheitern der Utopisten*, Berlin 2020.
[5] Nach: R. Lichtenstein, *Der Kampf um die Wahrheit*, Urbsimsa 1947, S. 123.
[6] Jean-Paul Ertras, *La vérité sur Bertram Jak*, Paris 1965, S. 321.

🛈 Die Gesundheitsministerin warnt: Die Ansichten Peter-Joseph Kutschers können Sie dazu verleiten, ihre Gesundheitspolitik zu delegitimieren und in ihrer gesundheitspolitischen Schutzfunktion zu schwächen.

hinter dem Verderben her und schlägt sie vor die Augen dann aus Pein O Ackerland wer macht dich wieder rein … Kutschers (zweite) Frau Anett Hydro, eine große Dichterin, die zwei Jahre später tragischerweise an einer Lungenentzündung sterben sollte, öffnete. … die Welt einäschernd wie wenn Berge spei'n wogt Untergang in allen Himmelsstrichen und wie versteinert starrst du Menschheit drein einer Larve gleich daraus der Geist entwichen … Jak sah, wie ihre Augen ein Willkommen sandten, ihr Mund aber in Abwehrstellung ging. Er bemerkte auch, dass sie keine Kasi war, was er zwar wusste, jedoch nie erwogen hatte. Sein Bemerken konsternierte ihn, denn es gibt keine äußerlichen Anzeichen dafür, ob jemand Kasi ist oder nicht. Auch er hatte eine andersgläubige Frau. Was für ein Aberwitz, es zu bemerken, angesichts des Grundes, weshalb er hier war. Schwer beklommen folgte er Anett, die ihn ohne Worte, nur per Geste in Peter-Josephs Arbeitszimmer geleitete, als wäre er ein Fremder, denn der Weg war ihm vertraut.

Sein Freund begrüßte ihn vorbehaltlos, aber ein Wort herauszubringen, vermochte er nicht. Jak sah, dass ein Kloß jenem im Halse steckte. So war es nun an ihm, etwas zu sagen. ¿Aber was sollte er sagen, wie beginnen? ¡Beginnen!, das war das Wort der Stunde: den **FRIEDEN BEGINNEN**. Jetzt, mitten im Krieg, war der Zeitpunkt, ein ¡Nein! hinauszubrüllen.

—Ich habe geirrt, ich habe gefehlt —stammelte Jak.

—Ich glaube —antwortete Kutscher— ich darf es in ihrem Namen sagen: **DIE MENSCHHEIT WILL KEINEN KRIEG MEHR.** (Womit er freilich *leider* falsch lag.)

—Wir alle wissen doch um Dolgs April-Wort, Gäste

willkommen, Fremde jagt fort und schließt euer Herz ab —sagte Jak—. Und die Kasi sind gespalten in die Einen, die da meinen, immer sei alles gut, wenn man sich nur innerlich wappnet und niemandem etwas tue, und die Anderen, die da meinen, der Kampf gegen die Feinde sei die Hauptaufgabe im Leben. Ich aber bin zu diesem Schlusse gekommen, Dolg wolle, dass man FREMDE ZU GÄSTEN MACHT. ¿Verstehst du? Es ist ein aktiver Vorgang. Wir müssen etwas *tun, ¡beginnen!*

Kutscher reagierte zurückhaltend und wies drauf hin, dass im Namen Dolgs, ebenso wie in dem von Tahm und dem von Jesus die schlimmsten Schandtaten vollbracht wurden.

—¿Was braucht es einen Gott? —sagte Kutscher—, keinen Tahm und auch keinen Dolg, wir brauchen den Geist der Solidarität, des Friedens und der Freiheit.

—¡Ja! —ruft Jak aus—, darum brauchen wir Dolg, Jesus und auch Tahm, gerade weil ihre Namen so beschmutzt wurden. Sie zeigen uns, dass wir MENSCHEN sind. Dass wir Schandtaten begehen. Dass wir dazu die sakralsten Namen missbrauchen. Nur wenn wir sie aus dem Schmutz ziehen und *mit* ihrem Schmutz lieb gewinnen, macht man aus Fremden Gäste: Ihre sakralen Persönlichkeiten sind das Fremde schlechthin. ¡Machen wir sie zu Gästen!

¿Aus Fremden Gäste machen? Das hört sich echt sexy an, findet Tom. Wie bei dem kupfernen Schopf. Flüchtig, aber ich war ihr und sie war mein Gast. Das unterscheidet diese Begegnung von sonstigen Sexkapaden.

So ungefähr wird Jak auf Kutscher eingeredet haben und so ungefähr verlief die Versöhnung zwischen ihnen.

Kurz vor der Katastrophe von Urbsimsa besuchte ich den Liamon und habe sie dort getroffen, meine Helden; ich war zwanzig, im Zweiten Weltkrieg dem Tod knapp entronnen, und noch weitaus knapper der antikasischen Verblendung und der Ideologie des Polizeisozialismus. Ein freier Sozialismus, danach stand mir der Sinn, genau wie Kutscher und Jak ihn vertraten.

Urbsimsa war, als ich das Privileg hatte, die Stadt zu besuchen, ein Gebrodel aus allen Kulturen und Rassen, welche die Menschheit zu bieten hat. Volle Straßen und Caféhäuser. Quietschende Reifen und Schienen. Emsige Bautätigkeit und lässiger Müßiggang. Lässig jedoch nur oberflächlich. Es war eine gespannte, eine nicht wirklich gelebte Lässigkeit. Die Spannung lag in der Luft. Alle wussten, dass die Konflikte auf einen Krieg hinauslaufen würden. Aber keiner fühlte sich als Teil dieser Konflikte, jedenfalls überall dort, wo ich mich aufhielt, denn diese Quartiere wurden in Mehrheit von Leuten frequentiert, die ähnlich dachten wie Kutscher und Jak. Irgendwer Weiteres machte Ärger. Damit konnte man selber zwar sich ein gutes Gewissen bescheinigen, war aber macht-los der Zuspitzung gegenüber. Niemand, den ich traf, wollte dem Nachbarn eins auf die Nase geben wegen der Abstammung, des Glaubens oder auch anderweitiger Vorlieben. Doch klammheimlich zog ein Unwetter her-auf. Man sprach in Allgemeinheiten wie von *den* Liamsi, *den* Kasi, *den* Tahmisten, *den* Dolgisten, *den* Christen, *den* Sozialisten, *den* Kommunisten, *den* Liberalen, *den* Anarchisten, *den* Orthodoxen, so als würden die Ideen handeln und nicht die Menschen. Das sei der Wahn der Gewalt, klagte Jak, der alles Leben vergiftet. Aus Gästen würden Fremde, statt umgekehrt. Der Fremde wäre ein Abstraktum, jeder Fremde wäre sich gleich, es wäre so, als gäbe es keine Individualität, niemanden, dem man sich freundlich zuwenden könne. Man wolle eine Idee treffen, erschlage aber deren Träger, der kein gastliches Antlitz hat.

Ich wohnte bei einer Liamsifamilie, Mutter, Vater und vier Kinder, die älteste Tochter ungefähr in meinem Alter, die sich um den kranken Kutscher kümmerten. Zunächst waren sie sehr reserviert mir gegenüber, denn sie hielten mich für einen Kasi. Obwohl sie mit Jak und Kutscher eng befreundet waren, misstrauten sie allen fremden Kasi, von denen sie vermuteten, dass sie sie hassten. Dabei hätten sie, was den wahren Fortgang der Historie betrifft, mehr Grund gehabt, den Liamsi zu misstrauen (*den eigenen Landsleuten* zu schreiben, wäre hier unpassend, denn *Landsleute* waren sowohl Liamsi als auch Kasi), denen sie, wie ich später erfuhr, tatsächlich zum Opfer fallen würden. Mit Renegaten hat niemand Mitleid, und wer Renegat ist, bestimmt die Partei oder das Gesundheitsministerium.

Auf Kutscher und Jak war ich gestoßen worden in meiner höchsten Not nach dem Tag, an dem ich nicht sterben durfte.

Zurückblickend auf die zwei Jahrzehnte, notierte ich damals, nachdem ich aus Urbsimsa wieder in die verwüstete Heimat gekommen war, die hinter mir liegen, drängt sich instinktiv der Maßstab auf, den Historiker routiniert bei den Großen des Weltgeschehens nutzen. Weit entfernt davon, mich mit diesen vergleichen zu wollen, meine ich aber, dass für die Beurteilung meines eigenen Ichs kein Maßstab zu hoch gegriffen sein kann. Ich denke hierbei an die Vergleiche, die man zwischen Mensch und Werk, zwischen Wille und Tat anstellt und bei denen dann entweder auf die klaffenden Gegensätze oder aber auf ein beispielhaftes Zusammentreffen von Lehre und Persönlichkeit hingewiesen wird. Nicht überbrückbar war das Missverhältnis zwischen dem, was ich erwünscht, erhofft und gewollt habe, und dem, was sich hiervon hinaus projizieren konnte in die Umwelt als Tat. Ausdrücklich sage ich *Umwelt*, denn das, was man als *Gefühl*, *Seele* oder *Herz* zu bezeichnen pflegt, ging von Anfang an konform mit meiner Vorstellung. Die Kluft begann erst an jenem Punkt, wo meine Handlungen in Berührung mit weiteren Menschen kamen. Meine Kindheit fand ich umspannt von zwei Polen, aus denen es kein Entrinnen gab. Sie hießen *Vision* und *Angst*. Niemals stellte ich mir bloß ein Ereignis vor, immer stellte ich mir mich selbst vor. Helden bewunderte ich nicht, vielmehr identifizierte ich mich mit ihnen.

Die Belastungen, denen ich bei der Schnellausbildung zum Offizier ausgesetzt war, entfalteten eine solche Gewalt, dass mein Wesen in drei Monaten von Grund auf umgestaltet wurde. Durch die anderthalb Jahre Einsatz als Flakhelfer hatte ich gelernt, wie des Soldatenseins raue Wirklichkeit aussieht, und dementsprechend hatte sich mein Körper auch entwickelt. Mein Geist aber war unberührt geblieben. Aller Schmutz und Dreck, den ich hören und sehen musste, hatten mich wohl in gewisser Weise geformt, ohne jedoch die Substanz anzugreifen. Willig hatte ich die Grundprinzipien des soldatischen Lebens in mir aufgenommen und mir zur zweiten Natur gemacht; meine Seele aber blieb voller Idealismus. Nun fiel ich in die Hände des preußischen Militarismus, der in jenen Wochen des Zusammenbruchs zu einer grauenhaften Ekstase anschwoll. Fünfzehn Stunden täglich Dienst, drei Mal in der Woche Nachtübungen, Gewaltmärsche, Härteschulung, Kollektivstrafen von höchster Niedertracht, niemals mehr als fünf Stunden Schlaf, die brutalsten Vorgesetzten des Bataillons, arktische Unterkünfte, ein Paar immernasse Schuhe, Hungerrationen als Verpflegung, keine Sonntage, keine Minute Freizeit, keinen Urlaub, und wie zur Krönung des Ausbildungsprogramms einmal pro Woche beteiligt am Exekutionskommando. Ich bin gelähmt, wenn es darum geht, das Gefühl zu beschreiben, das ich bei diesem scheußlichen Tun empfand. Damals verlernte ich, zu lachen ebenso wie zu weinen.

¿Exekutionskommando? Was der Papa durchgemacht hat, kann Tom sich nicht wirklich vorstellen. Kennt aber die lebenslangen Folgeschäden, etwa plötzliche Panikattacken, Dissoziationen, Schmerzen und Neigung zu starkem Kopfweh. Vor allem ausgelöst durch Kaffee und Schokolade, Silvesterböllerei, gemeinsames Klatschen oder Singen und durch laute Worte. Hier und da hatte Tom Kriegsliteratur gelesen. Alles abstrakt wie Grimms Märchen. Viele Väter schwiegen. Viele Väter gaben ihre Traumata weiter an die Söhne (¿und an die Töchter?), schlugen sie, verachteten sie, ertränkten Erinnerungen im Suff oder im Hass. Lutz-Dieter machte es anders. Er erzog Tom als Pazifist. Soldatsein war nicht identisch mit Mannsein. Im Gegenteil. Soldatsein war unmännlich. Unmenschlich. Verachtenswert. Und ¡niemals! mit

Bertram Jak
Bertram Jak, *1878, 1947
verschollen, im Interesse
der Angehörigen 1965 für
tot erklärt.
Er war ein diesländisch-
kasischer Philosoph der
Kasi-Spiritualität und Politiker
der Versöhnung zwischen
Liamsi und Kasi. Er stand
damit, gemeinsam mit
seinem Freund Peter-
Joseph Kutscher, gegen
die Bestrebungen des
Gründungsvaters von
Kasien, Leo Len-Nila.
Allerdings wird seine
Vermittlerrolle inzwischen
auch bezweifelt, so von
dem nebenländischen
Existentialisten Jean-Paul
Ertras, selbst ein Kasi.[1]

Philosophie
Berühmt und unabhängig
von seiner Rolle in dem
Liamsi/Kasi-Konflikt heute
noch diskutiert wird seine
Philosophie der friedlichen
Verwandlung von Fremden
in Gäste.[2] Sogar manche
Liamsi-Aktivisten berufen
sich auf ihn, wobei sie seine
Herkunft unterschlagen.[3]

Rolle im Liamon-Konflikt
Seit 1933 lebte Jak im
liamesischen Viertel von
Urbsimsa, aus dem 1947
aufgrund des Vorrückens
der Liamsi-Truppen alle Kasi
evakuiert werden sollten,
Jak aber „weigerte sich,
seine Bibliothek zu
verlassen. Einige Bücher,
zusammen mit Sandsäcken,
verstopften die Fenster.
Einer der Militärs fragte ihn,
ob er etwas brauche; er
verneinte und wies nur
darauf hin, dass er das Heim
nicht ohne seine Bücher
und ohne seinen Freund
Peter-Joseph Kutscher
verlassen werde und dass
die liamesischen Nachbarn,
mit denen er die besten
gastlichen Beziehungen
unterhalte, ihn als Gast
ansehen und schützen
würden."[4]
Mit einem Brief an Leo Len-
Nila protestierte Jak zum
Beispiel gegen „Beschlag-
nahmung von Böden
liamesischer Bürger, die
nicht aus Gnade, sondern
von gesundheits-
politischem Rechts wegen
in Kasien ansässig, also keine
Flüchtlinge sind. Es ist uns
unverständlich, dass sich
unter den zivilen und
militärischen Führern Kasiens
keiner gefunden hat, der
seine Stimme gegen diese
Maßnahme erhoben hätte,
in der jeder Kasi ein himmel-
schreiendes Unrecht sähe,
geschähe dies seinem

Eigentum oder dem Eigentum eines Kasi."[6]

Sozialismus-Begriff

Dass ein Sozialismus weltweit komme, stand für Jak fest. Es gehe ihm aber, so schrieb er, „um die richtige Entscheidung über die eigentliche Grundlage: Restrukturierung unserer Gesellschaft als Bund der Bünde [...] oder Aufnahme der weithin zerstückelten Gesellschaft durch das Gesundheitsministerium. [...] Solange das Gegenland nicht selber eine innere Umgestaltung seiner Seele erfährt [...], werden wir den einen der beiden Pole des Sozialismus, zwischen denen dann die Wahl zu treffen ist, mit dem unheimlichen Namen Metropolis bezeichnen. Den anderen Pol wage ich, trotz allem, Urbsimsa zu nennen."[5]

Mit seinem Freund Peter-Joseph Kutscher teilte er dessen Idealisierung des christlichen europäischen Mittelalters als das Goldene Zeitalter von kommunaler Selbstorganisation durch den „Bund der Bünde". Verheiratet war Jak mit einer Katholikin.

Der von Bertram Jak ins Auge gefasste Sozialismus war einer mit minimalem, womöglich einer ganz ohne Gesundheitsministerium. B. Jak datiert die Entstehung des modernen zentralistischen Gesundheitsministeriums in seinem explizit politischen Werk *Auf Urbsimsas Spuren* erst vom 16. Jahrhundert an, also von der Zeit, „in der der Untergang aller freien Verträge, mithin der Dorfgemeinschaften, der Gesellenbünde, der Brüderschaften, der Eidgenossenschaften des Mittelalters vollendet wurde".[7] Eine Stufe großer Kultur komme nur dort zustande, zitierte Jak Kutscher, wo die Einheit der Mannigfaltigkeit der Organisationsformen sowie überindividuellen Gebilde nicht ein äußeres Band der Gewalt sei, sondern ein in den Individuen selbst wohnender, über irdisch-materielle Interessen hinaus weisender Geist. Als Beispiel führte Kutscher das „christliche Mittelalter" an, das, wie Jak hinzufügt, in der Tat in der Geschichte des Abendlandes die einzige Epoche sei, welche sich in dieser Hinsicht mit den großen Kulturen des Orients

vergleichen lasse.[8]
Ein neuer, also freiwilliger
Sozialismus entstehe, lautete
die Überzeugung von
Kutscher ebenso wie Jak,
indem gemeinsam Grund-
eigentum erworben
werde, auf welchem die
dort errichtete Siedlung alle
ihre Angelegenheiten
intern regele, ohne jede
Einmischung einer Gesund-
heitsministerin. Dass dies
Utopie ist, braucht hier nicht
betont zu werden.

🛈 Achtung! Die Neutralität
des folgenden Abschnitts
wird in Zweifel gezogen.
Hilf mit, Mickypedia zu
verbessern, indem du eine
kritische Gegenposition
einfügst. Vergiss aber nicht,
sie mit Quellenangaben zu
unterfüttern.

Claira Ovos Würdigung

Der Konflikt zwischen Kasien
und den Vertretern des
liamesischen Volkes gehört
zu den moralischen
Herausforderungen der
Gegenwart. „Seit Mitte der
1960er Jahre ist die
öffentliche Parteiergreifung
nicht mehr einseitig,
sondern gespalten. Beide
Seiten verkünden, die
jeweils andere dirigiere die
Medien und erkläre ihre
Position für die politisch
korrekte. Dies ist ein
merkwürdiger Umstand",
schreibt die Jak-Biografin
Ovo. Weiterhin führt sie
aus: „Die antikasische
Verfolgung durch das alte
Gesundheitsministerium
beflügelte den Kasianismus
– die Idee, eine neue,
sichere Heimstatt zu
schaffen für die in zahllosen
Ländern der Erde an den
unterschiedlichsten Zeiten
verfolgten Kasi. Wir
können ausgehen davon,
dass die Verfolgung die
Mehrheit der Kasi
traumatisierte und zu einem
eventuell erhöhten
Bedürfnis nach Sicherheit
führte. Gleichwohl recht-
fertigt solch ein Trauma
keineswegs, dass Kasi
anderen Menschen Unrecht
antun. Niemals lässt Unrecht
sich durch erfahrenes
Unrecht rechtfertigen (wohl
aber erklären). Das macht
zugleich klar, dass wahllose
Angriffe liamesischer Frei-
schärler auf Kasi, selbst dann
nicht zu rechtfertigen sind,
falls es im Zuge der
Gründung Kasiens oder
dessen Verteidigung zu
Unrechtstaten kommt. In
gleicher Weise rechtfertigt
sich keine Verteidigung
Kasiens, wenn in Antwort auf

Partisanen-Angriffe jede Menge an ‚Kollateral-schaden‘ in Kauf genommen wird. Die moralische Nötigung, für eine der beiden Seiten unabhängig davon Partei zu ergreifen, ob sie ihre jeweils berechtigten Interessen mit moralisch einwandfreien Mitteln erreichen wollen, ist unmoralisch. Wer aber darauf antwortet, in der Gesundheitspolitik zähle Moral nicht, der verliert auch den Boden, auf dem er die Nötigung zur Partei-ergreifung moralisch begründen kann. Die moralische Nötigung, Partei für eine Seite zu ergreifen und dabei von auf Moral basierenden Maßstäben abzusehen, ist nichts als Nötigung, fürs Prinzip des Gesundheitsministeriums Partei zu ergreifen und sich gegen die Opfer zu stellen, welche die Realität des Gesundheitsministeriums immer und überall fordert. Die Nötigung mit dem Argument zu untermauern, nur die Parteiergreifung für die rechte Seite sei realistisch und zu ihr gebe es keine Alternative, bedeutet, einen Status quo festzuschreiben, der weitere Opfer fordert,

während er bloß der gesundheitspolitischen Elite nutzt. Mögen Jaks sozialistische Ideale heute arg verstaubt oder kitschig klingen, seine Haltung im Kasienkonflikt deutet auf einen Weg jenseits üblicher Parteiergreifung für eine Seite – einen Weg, der die Chance auf Frieden eröffnet hätte und, so wäre zu hoffen, auch wieder eröffnet, wenn die Menschen beider Seiten des Konflikts sich von ihren jeweiligen gesundheits-politischen Führern befreien. Aber auch dieser Konflikt ist moralisch so aufgeheizt, dass weder mit der einen, noch mit der andren Seite gut Kirschen essen ist. Jede Sympathie für den Kasianismus und die Existenzberechtigung der Kasi im Liamon wird von der einen Seite womöglich mit brutalen Mitteln gegeißelt, wie jede Kritik an der kasischen Gesundheits-politik von der anderen Seite als Antikasianismus verunglimpft wird. Eine Perspektive des Friedens für die Menschen der Region erscheint als privatistische Idylle, mit der man nicht an die Öffent-lichkeit treten kann, ohne

von beiden Seiten Prügel
zu beziehen. Die Massen-
mörder werden, je größer
ihre Verbrechen, um so
begeisterter bejubelt."[9]

Nachtrag

Der vorstehende Artikel ist
kritisiert worden, weil er ein
ausführliches Zitat von der
bekennend gesundheits-
leugnerischen Claira Ovo
enthält. Siehe Diskussionsseite. Es ist ein Zitat und
jede:r Leser:in soll sich ein
eigenes Bild machen
können. Da Jaks Bücher für
den normalsterblichen
Bürger nicht erschwinglich
sind, ist es notwendig,
aufzuzeigen, inwiefern
seine Ideen eine Relevanz
haben. Dies ist eine von
der Gesundheitsministerin
ausdrücklich durch die
Bundeszentrale für
gesundheitspolitische
Bildung gutgeheißene
Strategie, um die
Bevölkerung gegen
die Infiltration durch
Gesundheitsleugner zu
immunisieren. Gegen
Gedanken gibt es bislang
leider noch keine Impfung,
obwohl die Wissenschaft
mit Hochdruck daran
arbeitet. Vermutlich gibt es
sogar einen genetischen
Anteil an der gesundheitspolitischen Einstellung.
Wenn sich dieser Verdacht
wissenschaftlich erhärten
sollte, das heißt, wenn die
Gesundheitsministerin eine
Mehrheit der seriösen
Wissenschaftler dafür
gewinnen kann, eine solche
Hypothese zu unterstützen,
was sicherlich im Interesse
aller wünschenswert wäre,
dann kann eine Lösung des
Problems der Gesundheits-
leugner nur durch einen
genetischen Eingriff
erfolgen.

In diesem Fall wäre es allerdings notwendig, einen
großen Teil derjenigen,
die treue Unterstützer der
Gesundheitsministerin sind,
davon zu überzeugen,
dass genetische Mani-
pulationen nicht per se
schlecht oder moralisch zu
verurteilen sind, sondern
nur dann, wenn sie in die
Hände der Wissenschafts-
und Gesundheitsleugner
fallen, die die Kritik an der
Genmanipulation nur dazu
missbrauchen, um ihr
ideologisches Süppchen
zu kochen. Sie verweisen
dazu auf anderländische
Quellen, die weder
wissenschaftlich erhärtet
sind, noch einen
gesundheitspolitischen
Nutzen nachweisen

---

können. Sie entbehren jeder erfahrungsorientierten Fundierung und dürfen darum nicht als ernstzunehmende wissenschaftliche Argumente angeführt werden.

Dieser Nachtrag steht hier als ein rein interimistischer Ersatz, bis entweder durch die Gesundheitsministerin selbst oder durch die genannte Bundeszentrale ein geeigneter Leitfaden der Argumentation zur Verfügung gestellt wird, um diese vorläufigen und nicht mit Quellen abgesicherten Aussagen zu erhärten. Insbesondere sei auf die Forschungen von Katrin Pfaff verwiesen. Für die Bundeszentrale untersucht sie in der kasischen Tradition Roswita Lichtensteins den antikasischen Irrationalismus, wissenschaftsleugnerischen Romantizismus, Idealismus sowie das einseitige Glorifizieren des Mittelalters, die von Jak und Kutscher ausgehen. Deren Konzept von Sozialismus steht, Pfaff zufolge, zweifellos in der Tradition der dunkelsten diesländischen Zeit und des Antikasianismus, wogegen nicht spricht, dass Jak und Kutscher selber Kasi sind.

Einzelnachweise

[1] Jean-Paul Ertras, *La vérité sur Bertram Jak*, Paris 1965.
[2] B. Jak, *Auf Urbsimsas Spuren*, Urbsimsa 1945.
[3] Stan Kondar, *Der freie Liamon*, Urbsimsa-im-Exil 2018.
[4] Claira Ovo, *Ein Leben im Widerspruch*, Berlin 2015, S. 564-565.
[5] Auf Urbsimsas Spuren, S. 243.
[6] Zitiert nach Ovo, S. 571.
[7] Auf Urbsimsas Spuren, S. 80.
[8] Ebd., S. 103.
[9] Ovo, S. 22-24.

🔲 Die Gesundheitsministerin warnt: Die Philosophie Bertram Jaks kann gesundheitsschädlich wirken und Menschenleben gefährden. Kontraindiziert insbesondere bei Persönlichkeitsstörungen mit Anfälligkeit für Verschwörungstheorie. Arzt konsultieren.

Wölf:innen heulen. Dies lehrte die Erfahrung. ¡Was das für eine Schlacht gab!, um die erste Pistole, mit vier oder fünf Jahren. Lutz-Dieter wollte nicht, dass er Kriegs-spielzeug kriegte. Aber alle Kameraden hatten Pistolen. Also auf in den ersten Kampf mit Papa, an den Tom sich erinnert. Bis Grete, seine Mama, ihm eine kaufte. Aller-dings war die Pistole etwas zu groß und bleiern für seine zarten Hände, auch der Abzug war schwergängig, sodass er gar nicht recht viel mit ihr machte. ¿Wer erinnert sich noch an die rosanen Knallplättchen-Streifen und diesen eigenartigen Geruch, den sie beim Abfeuern erzeugten? Jedes Mal, wenn Tom feuerte, zuckte Lutz-Dieter zu-sammen. Und was für eine Zeit, denkt Tom, in der ein Papa, wenn er mit dem Sohn spielte, Krawatte umhatte. Daran kann er sich natürlich nicht erinnern; aber es gibt dieses Foto. Gut erinnert er sich daran, dass der grüne Gummitraktor, für den er mit dem Papa eine Garage aus bunten Holzklötzen gebaut hatte, ihm ¡Magie! ¡Magie! entgegen kommt. Auf dem Foto sieht man, wie der Vater den Traktor mit seiner Hand nach vorn schiebt und wie der kleine Tom ihn freudig kommen sieht. Das Braun-Radio, SK 2, das Toms Hinterkopf auf dem Foto nahezu verdeckt, Design-Ikone der 1950er Jahre, hatte er noch in Idas Kommune mitgenommen, um sich nächtelang Bluesrock-Sendungen um die Ohren zu schlagen.

Mein Inneres war vollends leer und starr; mechanisch wie eine Maschine führte ich die Bewegungen aus, und in den wenigen Stunden, ¿oder waren es bloß Minuten?, während derer Ruhe einkehrte, ohne sogleich tiefen, traumlosen Schlaf hervor zu rufen, fühlte ich unbewusst und ungewollt, dass unser Kampf jetzt rasch vorbei sein, ich fühlte sicher, dass es ein bittres Ende nehmen würde. Bei meinem Mütterlein habe ich dieser Befürchtung einmal sogar Ausdruck verliehen. Sie ist die einzige Gewähr hierfür. Freilich, meine politische Gesinnung litt nicht unter jener Befürchtung, denn die Parteilinie ließ uns nur zwei Wege offen: siegen oder sterben. Da wir nicht siegen konnten und aus meinem fatalistischen Gemütszustand heraus, entschied ich mich kompromisslos fürs Sterben, und in mir bäumte sich eine Vision, ein Hunger auf.

Nachdem ich diese Leidenszeit der Ausbildung überstanden hatte, war ich abgerichtet zum Einsatz. Der Weg ging über eine weitere Offiziersschule. Nun erfüllte sich die Rechnung der alten Preußen. Von dem Moment an, an dem ich wieder als Mensch behandelt wurde, kamen die Lebensgefühle zurück. Schöne und warme Zimmer und saubere Uniformen mit leuchtenden Litzen auf den Schulterklappen, gutes Essen und freundliche Gesichter, und schon war ich gewillt zu vergessen, was ich niemals hätte vergessen dürfen. Wenn ich an den Vorabend des Startschusses denke, dann schäme ich mich meiner selbst. Körperlich war ich aber durch die unter- oder übermenschlichen Anstrengungen gestählt und in dieser Weise fürs Kommende ausstaffiert.

Auf dem Blutacker der Ausbildung zurück geblieben indessen war das Gewissen der Kindheit. Das, was ich als schlecht, verwerflich, erkannt hatte, hatte man weggewischt. Mein Glaube an den Sieg kehrte wieder, fest und unerschütterlich wie zum ersten Tage. Brutal, hart, skrupellos, zu allem bereit reihte ich mich jetzt ein die Armee, die seit sechs Jahren Schrecken verbreitete. Das angeborene Gefühl für Würde und Menschenrecht war in mir niedergetreten und gebrochen. Jetzt galt ich ganz als Landsknecht und hatte kaum mehr was gemein mit dem Menschen, der ich gewesen war; eisern stand mein krampfhaftes Drängen zur vermeintlichen Bewährung, und so stürzte ich mich ins Getümmel. Ich erlebte dann aber nur das, was Millionen Anderer auch schon durchlitten hatten. Es wäre banal, Einzelheiten aufzuzeichnen. Hunderte Bücher sind über solche Materialschlachten geschrieben worden, ich könnte für sie keine weiteren Bilder finden; dennoch muss ich festhalten, es verhielt sich grundauf anders. Jeder, der je draußen war, kann nichts sonst, als dies zu bestätigen. Darum will ich Zeugnis ablegen über dieses eine Tun, das die entscheidende Begebenheit meines Lebens werden sollte.

Der Feind war übern Fluss gegangen. Unser Regiment hatte angegriffen und dabei in zwei blutigen Tagen, ohne einen Meter Boden zu gewinnen, fast die Hälfte seines Bestandes eingebüßt. An diesen Tagen kam mir das Vertrauen in den Führer abermals abhanden. Meine Schlagader pulsierte rasend; weder atmen noch essen, weder schlafen noch denken war möglich, so hoffnungslos erschien mir die Lage. Ich flehte den Himmel an, es kurz zu machen, und fühlte, wie der Knöcherne auf mir lag. Jede Sekunde erwartete ich den tödlichen Streich. Zu dritt war man ins Loch gepfercht, ich als MG-Schütze. Am Nachmittag konnten wir drei Gegenangriffe der Feinde abwehren, doch nun setzte wieder mörderisches Feuer ein. Zum ersten Mal im Leben gestattete ich mir Gedanken der Anklage gegen den Führer. Mein Körper schlotterte brachial, Blitze der Rage vor Augen, Schaum vor dem Mund, in den Matsch eingehüllt, knirschte ich: ¡Dieser Lump, dieser verdammte, sitzt in seinem Bunker und steckt die Fähnchen! ¡Wenn er sich nur einmal hier blicken ließe, wenn er nur wüsste, wie es ist, ahnte, wie es hier aussieht!

Zumindest, denkt Tom, ist er ehrlich gegenüber sich selber gewesen. Er hat sich nicht vorgemacht, schon im Anfang gegen den Führer gewesen zu sein. Damit hört sich seine Wandlung um so authentischer an.

Am Abend wurde meine rechte Schulter lädiert, und ich verlor die komplette Ausrüstung. Unter prasselndem Infanteriefeuer überquerte ich ungedeckt rennend eine Wiese, erreichte wie durch ein Wunder die Stellung, kam zu dem im Aufbruch befindlichen Verbandsplatz, glaubte mich sicher und sackte erledigt zusammen. Man verband mich und gab mir den Befehl, eine MP in die linke Hand zu nehmen und wieder nach vorn zu gehen. Zwar war ich zu sehr Soldat, um zu widersprechen; aber als der Trupp sich in Bewegung setzt und mich zurück lässt, fasse ich den Plan, Fahnenflucht zu begehen. Für solche Schufte, die mich, einen verwundeten Landser, der nur seine Pflicht getan hatte, nicht in das Lazarett mitnehmen, will ich keinen Schuss mehr abgeben. So mache ich mich auf den Weg. In der Ferne brennen Häuser. Wie aus dem Nichts höre ich andersprachliche Laute. Ich halte inne und wage nicht zu verschnaufen. *I am a wounded German soldier, I surrender*, übe ich.

Noch erhitzt vom Rennen, dann, wahrscheinlich bedingt durch die unheimliche Stille, meldete sich mein glasklarer Verstand zurück. ¡Du feige Sau! Du elende Kreatur, das bist du nun, pfui Teufel, ein erbärmlicher

Deserteur, verachtet bei Freund und Feind. ¿Wo sind deine Vorsätze? ¿Visionen geblieben? ¿Wie steht es mit dem Schwur?: ¡Die Fahne ist mehr als der Tod! Der Schweiß trat mir auf die Stirn. Leise ging, leise schlich ich mich von dannen, niemand bemerkte etwas, und bald lief ich, lief ich, lief ich. Unversehens wurde ich vom eigenen Posten angerufen; ich befand mich am Dorfrand. Außer Puste stotterte ich was von versprengt sein, dann stolperte ich in einen Keller. Dort bot sich mir dies tragikomische Bild: Ein Oberleutnant saß an einem Tisch umringt von flennenden und flehenden Frauen und Kindern. In den Ecken lagen apathische Landser. Ich meldete mich als Versprengten, er jedoch ignorierte mich. Die Frauen hatten ihn in dem Augenblick gerade so weit beeinflusst, dass er nach längerem Hadern eingewilligt hatte, diesen Ort zu übergeben und sich mit seinen Soldaten in die Gefangenschaft zu verfügen. Er erhob sich, die Frauen atmeten erleichtert durch, er begann, Anweisungen zu erteilen. Mir drehte sich alles im Kopf; ich hatte keine Ahnung, was hier gespielt wurde, und hörte nur das Wort *Übergabe*, nein, nein, ich kann nicht, ich will nicht, darf nicht kapitulieren. Ich will, muss kämpfen, kämpfen um jeden Preis. Ich war feig', ich war schwach, aber ich will alles wieder gut machen, ich werde mich bewähren. Die Sehnsucht von Jahren, das Ergebnis einer Erziehung scheingeistigen Terrors brach in diesem Augenblick aus. Ich straffte mich und baute mich auf vorm Oberleutnant.

—¡Halt, Herr Oberleutnant —schrie ich, der kleine konturlose Fahnenjunker, der noch keinmal opponiert hatte, der immer ohne zu mucken gehorchte, mit lauter

Stimme—, Sie haben sich verspekuliert! Im Namen des Führers übernehme *ich* die Verantwortung zur Weiterführung des Kampfes; hier wird, so lange ich lebe, nicht kapituliert und hier wird sich nicht abgesetzt. Hier gibt's nur eins: ¡Kampf bis zum Letzten!

Ein Schrei von Entsetzen und Entrüstung ging durch die Zivilisten; die Landser spitzten die Ohren.

—¡Ruhe! —polterte ich mit einer sich überschlagenden Stimme, spannte die MP und setzte sie an die Hüfte und ließ keinen Zweifel darüber, dass es mir Ernst war.

Der Oberleutnant lachte abgepresst, lief lila an, dann wurde er fahl vor Gift und Galle.

—Viel Glück, Herr Kollege, aber ohne mich —sagte er, drehte sich um und sprang zur Treppe.

Ich ließ ihn gehen; mit eiskalter Stimme forderte ich die Frauen auf, das Lokal zu verlassen. Einen Anflug von Insubordination rang ich durch einen wütenden Blick nieder. Dann legte ich die Waffe beiseite und wandte mich an die erwartungsvollen Soldaten.

—Kameraden —sagte ich—, ich werde keinen von euch zwingen, etwas zu tun, was sein Gewissen nicht befiehlt. Wer gehen will, mag gehen; doch alle, die die Ehre höher werten als ein Leben in Sklaverei, die bitte ich, sich hinter mich zu stellen, auf dass wir hier an diesem Ort die Fahne der Freiheit errichten. ¡Und gedenken wir in diesem Augenblick des Mannes, der der erste Soldat unsres Vaterlandes ist, gedenken wie unsres glücklichen Führers, dessen Fahne wir die Treue bis in den Tod geschworen haben!

Stumm gingen einige Ältere hinaus; es waren jedoch nur einige. Zwölf Mann blieben, vier Fahnenjunker und acht Unteroffiziersanwärter. Ohne Worte nahm ich den Stahlhelm ab, angelte mir ein auf dem Tisch liegendes Stück Kreide und schrieb an die Stirnseite: ¡Nie werden wir kapitulieren! Die Kameraden folgten dem Beispiel, während ich den Helm wieder aufsetzte. Dann traf ich Befehle zur Verteidigung des Ortes. So, als ob ich mein Leben lang nicht anderes getan hätte. Keine Sekunde hat sich bei einem meiner Soldaten ein Zweifel an meiner Stellung als ihr Truppenkommandant rege gemacht; in jenen Tagen entwickelte ich mich schlicht dorthin, wo ich noch nie im Leben gestanden hatte: unumstrittene Führerpersönlichkeit. In großen Mengen standen uns Munition und Panzerfäuste zur Verfügung, und wir Verlorenen kämpften wie die Löwen. Vier Tage lang griffen zwei feindliche Bataillone bar jeder Unterbrechung an, fortlaufend schossen Artillerie und Granatwerfer. Unentwegt kreisten Kampfbomber über uns. Die Infanterie des Feindes drang zwei Mal in das Dorf ein. Zweimal warfen wir sie im Nahkampf wieder hinaus. Schwere Verluste trieben die Feinde zu immer wütenderem Beschuss. Aber auch bei uns lichteten sich die Reihen. Ein Haus nach dem anderen ging in Trümmer. Bewohner hockten ausweglos in den Kellern und beteten um einen baldigen Schluss. Der Hass schlug mir aus ihren Augen überall entgegen, wo ich mich zeigte, abgesehen bloß von einigen jungen Mädchen, glühende Verehrer des Führers. Unter den Männern fand ich bei nicht einem Unterstützung, aber keiner, keiner dieser jämmerlichen Waschlappen hat je den Mut aufgebracht, mich K.O. zu schlagen oder kurzerhand abzuknallen.

Trotz allem, denkt Tom, klingt in diesem Bericht, wie

---

gegen seine Absicht, der Stolz mit, der damalige Stolz, dies erreicht zu haben: Die Soldaten gehorchten ihm, und die feindselige Bevölkerung traute sich nicht, zu meutern. Er hatte sich bewiesen, Autorität zu besitzen. Die Autorität, die wir von ihm kannten, an ihm liebten und an ihm fürchteten. ¡Der Mensch ist aus einem Guss! Er bleibt sich treu, es gibt in ihm ein gleichsam unzerstörbares Wesen, das alle Wandlungen überdauert und uns nicht verfügbar ist, um es nach Belieben zu revidieren und zu formen. Wie Ida sagte: Keiner kann sich selber komponieren. ‹Wir kämpften wie die Löwen›, wenn da nicht Stolz mitschwingt, will ich Otto heißen. Bei nicht einem *seiner* Soldaten. Kein Zweifel an *seiner* Stellung. *Unumstritten.* Und ‹zweimal warfen wir sie im Nahkampf wieder hinaus.› *Schwere Verluste trieben die Feinde zu immer wütenderem Beschuss.* ¡Was ist er für ein unbändiger Recke!

In einem der nachfolgenden Tage wurde ich durch ein Schrapnell im Gesicht und beim Nahkampf dann durch Handgranatensplitter an Geschlechtsteilen verwundet. Mann für Mann fielen meine Kameraden oder wurden kampfunfähig geschossen. Aber durch nichts, weder durch die eigenen rasenden Schmerzen noch durch den Tod meiner Kameraden wurde ich weich.

Das hat er mir nie erzählt, denkt Tom. Die Spirale aus Scham und Schweigen, die zur Mauer des Schweigens wird. Aber Lutz-Dieter hat mir erzählt, dass sein Alter ein echter Anhänger des Führers war, mit Blutorden für Mitgliedschaft vor 1923 und allem Pipapo, und wie es ist, einen Führeranhänger zum Vater zu haben. Bei der Beerdigung von Ida (¿oder Klaus?). ¿Und was ist das mit der Verwundung von Geschlechtsteilen? Nun, vielleicht ist er nicht mein biologischer Vater, rein hypothetisch angenommen. ¿Würde mir das was ausmachen? ¡Wenn ich das nur wüsste! Grete kann ich nicht mehr fragen. Denke ich so. Wenn sie noch leben würde, würde ich mich nicht trauen, so alt kann ich gar nicht werden, dass ich *ihrer* spezifischen Autorität entkommen könnte. Die Römer der Antike waren schon clever: Die Gewalt des Pater familias endet nie, egal, was das Gesetz sagt.

Am nächsten Morgen meldete mir der Posten einen Jeep mit weißer Fahne. ¿Weiße Fahne? Mein Puls schoss vor lauter Freude in die höchste Höhe, ein Silberstreif am Horizont, ein Strohhalm dem Ertrinkenden, aber nein, es ist ja Quatsch, ist ja unmöglich, aber was, ¿wenn es doch wäre?, Roosevelt ist tot, vielleicht, nein, ausgeschlossen, aber wenn nun doch, sollte vielleicht der neue Präsident, ja, sicher, der Führer lag möglicherweise doch richtig. ¿Wie konnte ich zweifeln? Der Endsieg, nein, sterben, leben, siegen, untergehen, alles drehte sich in mir, dann war er da. Die Tür knarrte, die Kellertreppe stieg ein baumlanger feindlicher Offizier herunter. Den Gürtel um seinen grün-grauen Regenmantel hatte er fest geschnallt, ein vanille seidener Schal quoll am Kragen hinaus. Er blickte sich etwas fragend zu dem Posten um, der ihn begleitet hatte, und meinte, er wolle doch zum Kommandanten. Ich stand direkt vor ihm am Fenster, das ich zu einer Schießscharte ausgebaut hatte. Ich hätte es ihm eigentlich nicht verübeln können, dass er mich nicht als Kommandanten erkannte. Meine Uniform war zerrissen, mit Lehm und Dreck verschmiert und von etlichen, dunklen Blutflecken übersäht. Mein rechter Arm hing in einer schmutzigen Binde; das linke Hosenbein war aufgeschnitten und ließ den durchbluteten Verband sehen. Mein Gesicht verdeckten überkrustete Wunden, getrocknete Pampe und wild herumwedelnde, verfilzte Haare. Neben mir lag auf Stroh ein Schwerverwundeter, auf der anderen Seite Berge von leeren Hülsen, einige Panzerfäuste, Schnapsflaschen, eine MP, eine Schokolade. Mit einer vorgespielten Gelassenheit erklärte ich ihm, dass *ich* der Kommandant sei. Er schaute ziemlich überrascht und begann, mich mit einem Redeschwall zu überfluten. Ich hörte nur die ersten Worte, das andere ging in einer unvorstellbaren Enttäuschung unter. Er sprach von dem Ende meines Vaterlandes, von wenigen Tagen, die es noch dauern werde, er sprach von meiner Tapferkeit, die er bewundere, er sprach davon, dass es keine Schande sei, sich jetzt zu ergeben, sondern eine Frage der Vernunft und der Menschlichkeit. Er sprach von den Leiden der Frauen und Kinder, er appellierte an mein Herz, an mein Gewissen, er sprach vom Leben in Demokratie und Freiheit, er redete von Lazaretten mit wohligen Betten und hübschen Krankenschwestern und von gutem Essen, er redete und redete. Mir aber wurde schwindelig, ich taumelte etwas zurück und stieß gegen die Kellerwand. Meine Gedanken, sie schwebten in unerreichbarer Ferne.

—¡Nein! —sagte ich zwar leise, aber endgültig.

Da beäugte mich der Feind verständnislos. Begann noch einmal von Neuem zu plappern; ich vernahm zwar seine Stimme, aber nahm den Sinn nicht mehr auf. Im Schleier meines Geistes sah ich das Bild des Mütterleins. Ich wollte aufschreien, wollte nach ihr greifen, wollte zu

 Mauer des Schweigens

ihr, da aber warf sie den Kopf zurück, dass die schwarzen Haare im Winde flatterten; ich sah, wie sie ein Koppel umgeschnallt hatte und wie sie mit dem Gewehr in der Hand auf einer Barrikade stand. Ich schluckte einmal und noch einmal, dann blickte ich ihm, dem feindlichen Captain, in die Augen. Er sprach noch immer, weiterhin kapierte ich aber überhaupt nichts. In den Augen des Mannes, der mir gegenüberstand, sah ich die Szene eines Gerichts, und sie kam mir so bekannt vor. Nein, nein, dreimal nein. Ich riss mich los vom Sinnieren und blökte den immer weiter sprudelnden Captain an. Der zuckte zusammen, seine Pupillen wurden groß und breit. Ich glaubte zu fühlen, wie er zitterte. Ein grimmiger Hochmut erfüllte mich, ja, du armseliger Bursche, das kannst du nicht verstehen; ihr kämpft für den Dollar, wir aber für eine Fahne. Einen Moment lang taxierte er mich mit entgeistertem Blick, dann wich er langsam Schritt für Schritt rückwärtsgehend zur Tür. Dorthin gelangt, hatte er sich gefasst.

—Ihr Wahnsinnsbrut —sagte er nicht allzu laut, aber doch vernehmlich, mehr zu sich als zu mir—, wenn ihr wüsstet, was Leben heißt, würdet ihr es nicht so wegschmeißen.

Er öffnete die Tür, wandte sich noch einmal mir zu.

—Kleiner Führer —sagte er, bevor er verschwand—, das wirst du teuer bezahlen müssen.

Ich hörte, wie draußen der Motor seines Wagens ansprang, hastete zur Schießscharte, griff eine Panzerfaust und nahm ihn aufs Korn. Sein Konto ist eher voll als meins; verhärtet höhnisch bellte ich: ¡Du wirst sterben! Ich muss die Rechnung bezahlen, sicher, da bist du wohl im Recht, du gehst jedoch nicht billiger fort. Der Wagen kam, schon lag er mir im Visier, jetzt, jetzt, aber dann umnachtete undurchdringlicher Dunst meine Augen, meine Glieder erstarrten, meine Pumpe schien auszusetzen und in der Ferne entschwand er, der Wagen mit der großen weißen Fahne am Kühler. Langsam ließ ich meine Arme sinken.

—¿Warum hast du ihn nicht hopsgenommen, diesen Hund? —röchelte neben mir ein Halbtoter.

Herrgott, ich danke dir, dass du mich in dieser meinen letzten Stunde nicht auch noch zu einem Mörder hast werden lassen, flüsterte meine **INNERE STIMME**.

—Weiß ich auch nicht —behauptete ich aber dünkelhaft—, ich glaube, es wäre *unfair* gewesen.

Hey, Grete, denkt Tom, das hat er geschrieben direkt nach dem Krieg. Das gab es also schon damals, dieses Sprachmischmatsch. Selbst der Führer hat's nicht unterbinden können. Grammar-Nazi.

Gegen Abend waren wir bloß noch drei. Mitternacht torkelte ich in den Keller, nachdem ich vier Stunden auf Posten gelegen hatte. Ich schloss die Augen und sank zu Boden. Das Trommeln der feindlichen Artillerie weckte mich. Mit Mühe kroch ich hinaus, schleppte den bis auf die Knochen abgekämpften, blutenden, zerschundenen Körper mit letzter Energie von Keller zu Keller. Und nun waren wir noch zu zwei Kämpfern, beide schwer angeschlagen. Am Spätnachmittag ging die Infanterie des Feindes zu ihrem finalen Angriff vor, zwei Maschinengewehre hämmerten ihnen weiter entgegen, hundertfünfzig Meter vor dem Dorfrand blieben sie liegen, dann schob sich eine dröhnende Kette unaufhörlich feuern-

der Sherman Panzer vor. Auf dreißig Meter heran, flog
der erste, von der Panzerfaust meines Kameraden getroffen, in die Luft, der zweite stand nun fast unmittelbar
vor meiner Schießscharte. Ich zielte, schoss und es ging
daneben, jetzt war der Panzer im toten Winkel. Ich hörte
ihn vor der Tür halten, ein Gedanke durchzuckte mich:
¡Sie aufreißen, und ihn hochjagen! Aber unbeweglich
blieb ich auf meinem Platz, nun denn, einmal musste es
ein Ende finden. Liebes Mütterlein, ¡ach! könnte ich bei
dir sein. Krachend schlug eine Panzergranate ein, gelb,
grün, rot, schwarz, ein kurzer Rums am Kopf, das war
dann das Ende, ¡AUS! Im Jenseits geschah das Entsetz-
lichste, was mir geschehen konnte. Auf halbem Wege
wurde ich retour geschickt. Nach vielen, vielen Stunden
Besinnungslosigkeit fand ich mich auf einer Bahre des
feindlichen Verbandsplatzes liegend wieder.

—Na, kleiner Führer, ¿wer gewinnt den Krieg? —vor
mir stand schmunzelnd der Captain, der mich, von einer
weißen Fahne geschützt, in meinem Unterstand heim-
gesucht hatte, um mich zur Aufgabe zu bewegen.

Dann wurde es erneut finster. Als ich das nächste Mal
erwachte, lag ich unter dem Messer eines Armeearztes
der feindlichen Truppen, und ohne Narkose werkelte er
an meinen Blessuren. Ich wunderte mich nicht darüber,
empfand auch keine Wut, und gab keinen Mucks von
mir; nur die Zähne klapperten und die Augen wurden
feucht, denn neben mir lag eine Zeitung, die das Ende
meines Vaterlandes vermeldete.

Dieser feindliche Captain war es, der in den Tagen der
Rekonvaleszenz sich meiner annahm. Ich gestand ihm
nicht, dass ich drauf und dran gewesen war, an ihm ein

Kriegsverbrechen zu begehen, vertraute ihm aber an, die Tatsache eines Feindes, der einen Verschütteten rettet, obwohl dieser kurz zuvor noch auf ihn geschossen habe, habe eine schlagartige Wandlung in mir hervorgerufen. Er sprach mir von Bertram Jaks Formel, aus Fremden Gäste zu machen. Nein, nein, ein Pazifist wie Jak sei er nicht, sonst würde er ja nicht hier sein, doch erinnerte ihn mein Bericht von der Wandlung an Jaks Hoffnung. Weil ich begierig war, noch mehr von Jak zu erfahren, um meine neu gewonnene Haltung zu festigen und mit geistiger Nahrung zu füttern, regte er an, ich solle doch selber einmal mit Jak sprechen. Er hatte einen Buddy in Urbsimsa und der kümmerte sich darum, dass ich nach meiner körperlichen Wiederherstellung dorthin reisen konnte. Und so wurde ich ein neuer Mensch.

Tom hatte seinen Vater immer für einen 08/15-Sozi gehalten. Aber einen Widerwillen gegen die Kultur des fremden Landes scheint er, anders als seine Frau, nicht gehegt zu haben. In diesem Text sang er offensichtlich eine Hymne auf eine subtilere Utopie. Jedes Jahr musste er stärker enttäuscht gewesen sein von seiner Partei. Und nichts hat er nach Außen verlauten lassen. ¿Aber sollte ihm das letzte Jahr nicht den Rest gegeben haben? ¿Was für eine Bilanz nach siebzig Jahren? Es war nicht immer leicht, dir in all den Jahren die Stange zu halten, mein Sohn, doch jetzt glaube ich, dass du den besseren Teil erwählt hast, wie es in der Schrift heißt, an welche wir nicht glauben, die freilich mehr Recht birgt als all der Zinnober der Welt. So lange habe ich vor dir verheimlicht, was ich dir hiermit offenbare. Wäre ich früher gestorben, ¿was wäre aus der Utopie geworden, die mich am Leben erhielt, ohne darauf hoffen zu können, dass sie jemals wieder das Tageslicht erblickt? Jetzt bist du ihr Träger. Vertraue auf Sullie. Sie weiß alles.

Tom ballt die Fäuste. Sullie, die Verräterin. ¿Hat Lutz-Dieter es gewusst? ¿War das seine Hinterlassenschaft, seine letzte Aktion gegen seinen Sohn? ¿Diese perfide Falle?

Probiere, Stan Kondar auf deine Seite zu ziehen, seine Töchter vergöttern dich, und er ist anders als die Andern und wird zugänglich sein, das ist meine Einschätzung. Er hat Blut an seinen Fingern, richtig viel Blut, das ist so, ¿aber wenn wir nicht davon ausgehen, dass jemand sich ändern kann, woran können wir dann unsere Hoffnung hängen? Und seine Töchter sind sein ein und alles; sie sollen die Botschafter eines neuen Friedens werden. Du hast, intuitiv, die Zukunft der Menschheit erwürfelt. Weiche davon nicht ab. Gehe diesen Weg. Niemals hätte ich gedacht, so alt zu werden, es dir mitzugeben. Jetzt ist es *deine* Bürde.

Wenn du mich fragst, wie ich so alt werden konnte, dann sage ich dir, dass mich aufrecht gehalten hat, nicht für unmöglich zu halten: Frieden und Freiheit. Entschuldigung, ich gebe den Stab an dich weiter. Dies ist ein olympischer Staffellauf; er soll aus Fremden Gäste machen. Das Eltern-Ich ist alkohollöslich, denkt Tom; was das betrifft, bin ich nun erfahren; aber *diese* Bürde, lieber Papa, wird *viel* Su Majestad La Phroaig in Cask Strength verlangen, sie klingt krasser als die Erwartung, Professor zu werden und jenem Typen nachzueifern, dessen Name irgendetwas davon enthielt, dass man ihn anbeten solle oder er jemanden anbetet. *Blanket On the*

Ground, hört Tom, aber auf den Namen kommt er trotzdem nicht. Die Assoziation ist zu wenig frei.

Peter-Joseph Kutscher. Der zwei Mal der Kreuzigung entgangene Christus, und trotzdem ohne Erfolg. ¿Was sollen wir daraus lernen? ¿Nichts und wieder nichts? ¿Nur Mord und Verachtung? ¿Frieden und Versöhnung ohne Chance? (Das Wort ‹Versöhnung›, oh je, steht auf der Todesliste der Gesundheitsministerin.) ¡Hört auf! ¡Das will ich nicht mehr hören! Damals war es nur die Relativierung des Terrors, denkt Tom, wenn die Bürger im Feuer eines Kaufhausbrands sterben, die Schuld sind, im Terror, am Terror, ¿was soll's? ¡Unsere Väter, Mütter! ¿Aber unsere Söhne, unsere Töchter? Was für eine Geschmacksverirrung. *¡Viva la huelga!* Ida, deiner verfickten Zeit voraus. Ihnen allen voraus. ¡Du! ¡Gast!

Als nach dem Ersten Weltkrieg die Räterepublik ausgerufen wurde, das war knapp zehn Jahre vor meiner Geburt, stand Kutscher an vorderster Front. Das Jahr zuvor war Anett gestorben. Intakt harmonisch war das Herzensbündnis zwischen Peter-Joseph und ihr nicht verlaufen. Es gab ein Zwischenspiel, von seiner Seite aus, mit einer Gewerkschafterin, über das ich nicht viel mehr weiß. Doch der Tod Anetts erschütterte Kutscher und raubte ihm fast den Lebenswillen, wenn da nicht das Engagement für Frieden und für die Räterepublik gewesen wäre. Weder über die Affäre noch über den Tod verloren er oder Jak ein Wort, als ich mit ihnen sprechen konnte. Dies alles lag da ja auch schon dreißig Jahre zurück. Und ich war nur ein neugieriger, neunmalkluger Kerl, gerade erst von seiner Kriegsleidenschaft geheilt, der unbequeme Fragen sich lieber verkneifen sollte, als jemandem moralisch auf die Nerven zu fallen, der sich so viele Verdienste um die Menschheit erworben hatte.

Diese Leute, mit denen Kutscher seine Räterepublik machte, waren alles andere als Ehrenmänner. ¿Wo stand Jak? Eher am Rande, jedenfalls hatte er keine Funktion innerhalb der Räterepublik. Doch als Kutscher nur ein paar Tage nach Ausrufung der Räterepublik von allen Ämtern zurücktrat aus Protest gegen den Ungeist der Gewalt, der herrschte, erbot Jak sich, seinem Freund bei der Debatte über politischen Terror im Parlament unter die Arme zu greifen. Roswita Lichtenstein, die dort eine führende Rolle spielte (nanu, von wegen Ehrenmänner, denkt Tom), legte ihre Position dar.

—Wer nicht im Anfang schon verflixt konsequent die Fremden ausrottet, geht unter —statuierte sie. (¿War ihr, eine Kasi, klar, dass sie damit Tahms Novemberwort zitierte?)—, Genossen, seht euch die Gracchen in Rom an, die Bauernkriege des Mittelalters. Stellt dagegen den glorreichen Sieg des Sozialismus im neuen Vaterland. Es gibt nur eine Schlussfolgerung daraus: Konsequenter revolutionärer Terror alleine führt zum Sieg. Und das, was man tun muss, um ihn zu erringen, kann man mit völlig reiner Seele tun. Im Gegenteil, man beschmutzt sie, wenn man aus Fremden Gäste macht, wie der Kleinbürger Jak es uns weismachen will. Er wird uns den Sieg kosten; er will, dass wir verlieren, das ist seine Mission, die er namens des Kapitals ausführt. ¡Fallt nicht auf ihn und seine konterrevolutionären, ja, reaktionären Hintermänner rein!

Kutscher sah sich nicht in der Lage, ihr zu antworten. Er war bleich und zitterte am ganzen Körper. Statt seiner ergriff Jak das Wort und sagte ihr, sie solle die Seele vergessen, solch eine Seele, die sogar dann rein bleibt, wenn Blutstropfen auf sie fallen. Es gehe um ¡Verantwortung!

R. Lichtenstein befand es für nicht nötig, hierauf eine Entgegnung zu geben, ¿wie sollte sie auch? Sie musste es nicht, denn ihr standen die Gewehre zur Verfügung, die jedes Reden eitel machen. Aber trotz ihres Terrors soff die Räterepublik in einem Blutbad ab, angerichtet durch die Gegenseite, die nicht weniger bereit war, alles das an Gewalt einzusetzen, dessen sie habhaft wurde. Letztlich muss man sich, wie Kutscher stets betonte, entscheiden zwischen Geist und Gewalt. Nur eins von beidem geht. Angesichts von Gewalt schweigt der Geist. ¿Aber ist es auch umgekehrt? ¿Schweigt die Gewalt, wenn der Geist sein Haupt erhebt? Später wurde R. Lichtenstein eine enge Beraterin Leo Len-Nilas. Die Welt ist ein Dorf. Ein Dorf unter Beschuss.

Tom erinnert sich daran, wie er mit dem Alten spielt. Sie spielen Überleben. ¿Unter Stalin oder Hitler? ¿Wo ist es leichter? ¿Wer ist das kleinere Übel? Tom nimmt, er kann es sich nicht anders denken, Stalin, der Alte Hitler. Natürlich gewinnt Papa das Duell, Tom hat, rhetorisch gesehen, keine Chance. Als die Chaoten *Stalingrad* aufnahmen und es zum Skandal kam, war Toms Vater auf seiner Seite. Tom ist ihm dankbar dafür, und er schickt ihm einen liebevollen Gruß ins Jenseits. ¿Himmel oder Hölle? Wo immer es interessanter ist, dafür wird er sich entschieden haben, denkt Tom. Wenn er sich doch nur noch an die Argumente erinnern könnte, die sie damals ausgetauscht hatten. Dann könnte ich jetzt hieraus vielleicht einen smarten Song machen.

　　　　　　　　　　Mauer des Schweigens

Dreißig Jahre später wollten die beiden Freunde nicht noch einmal denselben Krampf machen. Sie sagten mir, dass Scheitern besser sei als ein falsches Gelingen. Sie hatten aber nicht vor, zu scheitern. Im Gegenteil waren sie zuversichtlich. Eine Illusion, weil sie in Urbsimsa genügend Anhänger hatten, sowohl Kasi als auch Liamsi, aber da draußen, in der Realität außerhalb der Mutterstadt, herrschte die Feinde-jagt-fort-Mentalität oder, in der liamesischen Version: Wer seinen Feind nicht kennt, wird, laut Tahms Novemberwort, untergehen.

—Wir werden die Waffen verschmähen —sagte Jak zu mir— und die Thermopylen dennoch halten.

Wieder zuhause, musste ich in den Wochenschauen anhören, in unseren Zeitungen lesen, dass die Soldaten der einen wie der anderen Seite niemals zögerten, Jaks und Kutschers Anhänger zu massakrieren, wo immer sie es ablehnten, ihre Gemeinschaft aufzugeben und sich ihrem jeweiligen Volk anzuschließen.

Trotz oder grad wegen der Gewalt und Entschlossenheit, jedes nur erdenkbare Unrecht zu tun, um den Sieg herbeizuführen, konnte keine Seite die Oberhoheit über Urbsimsa erlangen. Es ergab sich ein Gleichgewicht des Schreckens, aus dem eine Waffenruhe des Schreckens hervorging. Viele der Jakaner fielen dem Terror zum Opfer; eine Handvoll jedoch überlebte. Sie sammelten Informationen zu den jeweiligen gegnerischen Führern und erpressten schließlich, dass sie Urbsimsa von ihren territorialen Ansprüchen vorläufig ausnahmen. Beide beanspruchen die Stadt zwar weiter mit großer verbaler Verve, eher um von dem für sie misslichen Vertrag abzulenken. In dieser Richtung fuhren die Überlebenden fort; sie bauten ein Geflecht von Informanten auf, um dann nicht nur die Führer von Kasien und Liamon, vielmehr auch die wichtigsten internationalen Figuren in Schach zu halten. Darüber hinaus entwickelten Physiker und Techniker in Urbsimsa Waffensysteme, die sie ausgeglichen an die feindseligen Parteien verkauften, wenn sie im Gegenzug den Geheimvertrag einhielten. Dies neue Gleichgewicht des Schreckens beruhte allerdings, um zu funktionieren, nur unter totaler Abschirmung Urbsimsas. Die Mauer des Schweigens. ¿Sind sie aber nicht doch von ihrer Linie abgewichen?, denkt Tom. Erpressung der Führer mit kompromittierendem Wissen ist schließlich nicht weniger eine Kriegshandlung als das Handeln mit Technologien, die todbringend sind. Den Frieden, einen brüchigen und stets gefährdeten Frieden wohlgemerkt, haben sie nur für sich errungen. Überall sonst herrschen weiterhin Gruselkabinette.

Ich hatte das Glück oder das Pech, je nachdem, wie man's nimmt, dass ich über all die Jahre Kontakt mit Urbsimsa halten konnte und auf dem Laufenden blieb.

Hier erinnert Tom sich an die Zeit der Roten Armee Fraktion, gesprochen raf oder er-a-ef. Der Beginn lag in der Zeit, bevor er bei Ida Unterschlupf gefunden hatte. Das Flugblatt zum Kaufhausbrand hatte Toms Vater noch als schwarz-humorige Aufarbeitung des Liamonkriegs durchgehen lassen, RAF kam nicht in Frage, unter keinen Umständen. ¿Standen sie aber nicht irgendwie doch auf der richtigen Seite, obwohl sie die falschen Mittel anwandten? Tom war nicht sicher, seine jungen Emotionen gespalten. Es muss etwas geschehen, es wird etwas geschehen. Man kann nicht alles so laufen lassen,

 Mauer des Schweigens

wie es läuft, Liamonkrieg, weltweiter Hunger, Armut, Ungerechtigkeit, Imperialismus der Supermächte. Ida nahm's super locker. Ziele, Mittel, legal, illegal, alles war ihr ziemlich scheißegal. Der Andreas Baader jedoch war ein arrogantes, frauenverachtendes Arschloch und Ulrike Meinhof eine intellektuelle, von Penisneid durchdrungene Votze mit einer ungezüngelten Knarre als ihr untauglicher Schwanzersatz. Gudrun Ensslin mochte sie aber recht gern und war traurig, als sie starb. Dass sie im Knast ermordet worden wäre, daran glaubte Ida nicht. Sie hat ihr Leben als andersartige Waffe eingesetzt. Eine Art Selbstermächtigung, fand Ida. Tom erinnert sich, wie die Mama ausgeflippt war, als er mit seinem Kumpel Klaus in Idas Kommune zog und beschloss, Schule Schule sein zu lassen und ohne jede musikalischen Kenntnisse ein Rockstar zu werden. Vor allem aber, Idas Geliebter zu sein. ‹Ausflippen›, das hätte sie nie gesagt, so ein Wort nie in den Mund genommen. Alles aus dem anderen Land war abzulehnen. ¿Was ist der Unterschied zwischen einer wiederkäuenden Kuh und einem Kaugummi kauenden Anderländer? Das intelligente Gesicht der Kuh. So war sie drauf. An Ida lehnte sie alles ab, ihre ordinäre Art zu sprechen, ihre geschorenen Haare, ihre aggressive Sexualität, ihre kulturlose Musik. Alles.

Vor zehn Jahren starb sie, ohne dass es zu einer Versöhnung mit ihr gekommen wäre. Tom grämte sich, zugleich grämte er sich nicht. Dagegen verbesserte sich sein Verhältnis zu seinem Papa. Immerhin hatten sie noch zehn Jahre gehabt. ¿Sollte auch das eine Illusion gewesen sein? ¿Ist er der Mastermind hinter dem Verrat, der Falle? ¿Doch einer von Len-Nilas Mordgesellen?

Der Homo sapiens sapiens stand kurz vor dem Aussterben. Die Gruppengröße unterschritt die notwendige Zahl stabiler Reproduktion der Art. Da wagte er einen kulturevolutionären Schritt: Er stellte interne Rangeleien ein und an deren Stelle setzte er die Koöperation, die bedingungslose Solidarität. Und siehe an: Die Art wuchs und gedieh. Natürlich nahm er seine internen Rangeleien sofort wieder auf und baute sie zum Krieg aus, sobald die Gruppe die notwendige Größe zurückerlangt hatte. Bertram Jak und Peter-Joseph Kutscher glaubten an die Chance eines Friedens, der Solidarität, gekoppelt mit gegenseitigem In-Ruhe-Lassen. Und das unterschied ihren Sozialismus von dem aller anderen Prägungen: Vorbedingung des Friedens sei, den Andern in Ruhe zu lassen. Das war ihre Idee vom Status eines Gastes. Gegenseitige Rücksichtnahme, ja; gegenseitige Hilfe, ja; den Andern aber bevormunden, gängeln und ihn mit Terror der eigenen Religion oder den sonstigen eigenen Vorstellungen unterwerfen, ¡nie! Mich überzeugte die Idee zwar, doch zunehmend beargwöhnte ich die Möglichkeit ihrer Umsetzung. Urbsimsa versetzte eine Gruppe hoch zivilisierter und in der terroristischen Zivilisation sozialisierter Menschen in den Urzustand des Homo sapiens sapiens zurück. Eigentlich zu klein zum Überleben. Abgeschnitten. Eingeschlossen. Sie entwickelten sicherlich sowas wie einen Lagerkoller, denn sie wurden eigenartig, eigensinnig, starrsinnig. Aber sie hielten zusammen und sie überlebten. Indirekt mischten sie jedoch kräftig mit im Weltgeschehen, sonst wären sie jämmerlich krepiert. Im Anfang hatten sie nichts als kaputte Häuser, kaputte Maschinen, kein Wasser, keinen

Strom, keine Medikamente, nur ihren Grips im Kopf, ihren Willen, sich nicht unterkriegen zu lassen, ihren Zusammenhalt und Wissen, mit welchem sie gewissen Außenstehenden schaden konnten, so zum Beispiel Leo Len-Nila und seiner Beraterin Roswita Lichtenstein. Sie hatten auch Verbündete, etwa nahe Verwandte von Len-Nila. Und sie pflegten ein weltweites Netz verdeckter Botschafter, denen anzugehören ich stolz bin.

Vor knapp fünfzig Jahren wurden Jak und Kutscher für Tod erklärt, auf Antrag derjenigen Verwandten hin, die nicht gemeinsam mit ihnen in Urbsimsa ausgeharrt hatten. Zufälligerweise war das tatsächlich das Jahr, in dem Jak starb, sein älterer Freund starb sechs Jahre vorher. Sie waren Autoritäten, wenn auch keine Herrscher in Urbsimsa. Doch der Zusammenhalt überlebte die beiden. Man raufte sich zusammen. Heute ist es Armida Kutscher, die man, wären sie Indianer, als den Häuptling bezeichnen würde. Oder besser, in kasischer Sprache, ausgedrückt: eine Friedensrichterin, ein würdiger Nachfolger Salomons, nicht als weise Alte, vielmehr als eine einfühlsame Junge.

Nach Mamas Tod trat Sullie Becker in das Leben von Papa.

Tom ballt seine Fäuste. ¡Er hatte es gewusst! Sie haben diese Falle gemeinsam geplant und mir gestellt, und ich Dämelack falle drauf rein, weil ich meine, die erste Liebe nach Ida gefunden zu haben. … nur Narr nur Dichter … Vater hat Sullie benutzt, ¡um mir das anzutun! ¿Aber warum bloß? ¿Warum hat er die Falle gestellt? Dann fällt es Tom wie Schuppen von den Augen (er weiß nicht, dass das ein Bild ist, das aus der Bibel stammt, die er

kaum kennt). Sein Vater wollte an ihm rächen, dass er
die Mama unglücklich gemacht hat. Auch-trotz-wegen
des Intermezzos retour an Mamas Herd nach Klaus'
Tod, abgebrannt, ohne Band und Auskommen, Horror-
tripp, neun Monate lang (kurz). Dann Xavie Kondar, geborene O'Nety, ihr Onkel Juan Carlos, dessen Tochter
Ida. Der kaukasische Kreidekreis schließt sich. Aber
kein Salomon ist präsent als Richter. ¡Dieser Schuft!
¡Dieser Verräter! Tom packt den Stapel Papiere und zer-
knüllt sie. Nun rennt er in die Küche, wirft sie ins Spül-
becken, fummelt sein Feuerzeug aus der Tasche (er trägt
es bei sich, damit er stets bereit steht, um mit der lilien-
gleichen Anarkie eine Zigarre rauchen zu können, wann
immer sie willig sein sollte) und zündet sie an. Doch es
ist kein Genuss, anzuhören, wie die Flammen die Buchstaben dieser linken Bazille brutzelnd verzehren. Tom
denkt an Mina. Ach, wie sie leidet. An ihre Schwestern,
ach, wie jede leidet. Und an ihre Mutter Xavie, ach, wie
auch sie leidet. Natürlich macht sie Tom verantwortlich,
glaubt, er habe ihren Töchtern eine Falle gestellt. Die
schöne Mutter wollte nichts mehr mit ihm zu tun haben.
Alle sind mit allen entzweit. Wenn das mal nicht Sozial-
demokratie in Reinkultur ist. … die Wüste wächst weh'
dem der Wüsten birgt Stein knirscht an Stein die Wüste
schlingt und würgt der ungeheure Tod blickt glühend
braun und kaut sein Leben ist sein Kau'n vergiss nicht
Mensch den Wollust ausgeloht du bist der Stein die
Wüste bist der Tod …

            Mauer des Schweigens

Urbsimsa

Ruinenstadt mit antiken Wurzeln zwischen Kasien und Liamon. Im Krieg 1947 zerstört und durch einen Beschluss der Vereinten Nationen zivilisierter kriegführender Gesundheitsministerien zur Verbotenen Stadt erklärt. Internationale Truppen sichern die mit einer steinernen Mauer gekennzeichnete Grenze. Das Stadtgebiet wurde komplett kontaminiert und gilt als lebensfeindlich. Das Betreten endet für Mensch und Tier tödlich. Vegetation ist spärlich. Da ein Überflugverbot herrscht, sind neue Beobachtungen unmöglich, ebenso wird allen internationalen Forschungsteams bislang ein Zutritt verwehrt.
Zahlreiche Verschwörungstheorien befinden sich im Umlauf, deren öffentliche Diskussion die Gesundheitsministerin jedoch als gesundheitsschädlich einstuft und die darum auch hier nicht behandelt werden dürfen, ohne dass Mickypedia daraus Nachteile erwachsen könnten. Aufgrund des Beschlusses der Gemeinschaft der internationalen zivilisierten Gesundheitsministerien ist darüber hinaus auch die Erörterung der Geschichte Urbsimsas bis auf Weiteres untersagt, denn es gibt keinen Konsens zwischen den nach wie vor kriegsführenden Parteien über den Verlauf und die Bedeutung der Stadtentwicklung. Jeder Kommentar würde den Konflikt anheizen und ist dann seinerseits als kriegerischer Akt zu werten und dementsprechend zu ahnden. Niemand, der nicht in den Verdacht rechter Gesinnung oder terroristischer Akte kommen möchte, wird gegen das Verbot verstoßen. So jemand wäre jedenfalls als Mickypedia-Autor nicht tragbar.

🄳 Eine ausführliche Version des Artikels liegt der Gesundheitsministerin zur Freigabe vor. Doch ihre Entscheidung steht noch aus.

In voller Montur stehen sie in der Grotte … wie ein Hauch durch Lichterglanz die Erscheinung wenn sie kommt … Die Atmosphäre, die so klein wie erhaben, so demütig wie übermütig macht, in einen rauschhaften Zustand versetzt, erfasst Tom, obwohl ihm die christliche Symbolik nichts sagt. Er ist unter Atheisten aufgewachsen und hat das Verpasste später nie nachgeholt. Pussy Snake, in verfickte Schale geworfen, grauer Anzug und Querbinder, jammert, en könne so nicht auf die Bühne, zu schlecht sei en, alle würden über ens Orgelspiel lachen, jede*r Dahergelaufene könne das besser. Tom packt en an ensem Zaubergürtel und verfrachtet en hinter den Spieltisch.

—Setzen und spielen —herrscht Tom en an—, niemand sieht dich.

—Aber hört mich —jammert en.

—Das ist der Spaß an der Sache. ¿Vergessen? Wir sind eine verfickte Band. ¡Halt die Klappe, und spiel! ¿Was wird denn Forty von dir denken, hijo de puta, wenn du jetzt einen auf Schlappschwanz machst?

Zurück in der Grotte, zählt Mina den Auftritt runter. Die Schwestern, mächtig überkandidelt, haben dick aufgetragen, wenn man das trotz der schmächtigen Figuren so sagen darf. Wet-Look-Overalls in Silber mit goldenen Sternchen drauf. Wenn sie nicht so gut wären, würde Tom sie auslachen. Gary Glitter lässt grüßen aus seinem Glam-Orkus. Forty zupft einen ersten Ton, noch in der Grotte, die in die Backstage umgewandelt worden war.

Tom sieht nicht nur Fortys Augen wie schwarze Spiegel aus Diamanten monumental, sondern gewahrt auch ein leichtes Beben durch ihren Körper wabern. Das versetzt ihn vier Jahrzehnte zurück, und er spürt das Beben von Violetta, in den ersten Tagen, nachdem Ida die Trebegängerin aufgelesen und in die Kommune mitgebracht hatte. Forty ist keine Trebegängerin, *vielmehr* so behütet wie nur möglich. Und doch.

—So kannst du nicht auf die Bühne —sagt Tom.

—Fuck —sagt Line.

—Digger, das weiß ich doch —sagt Forty, meilenweit entfernt.

—Das bring' ich schon —sagt Tom, zu Forty ebenso wie zu Mina und Line.

Sie kneifen ihre Arschbacken zusammen, Tom sieht es unter ihren glitzernden Overalls arbeiten, und versuchen, sich nichts anmerken zu lassen.

—Wir kriegen das hin, Schatz —sagt Line zu Forty.

Tom nimmt die vierundzwanzig, anderthalb tausend Jahre alten Steinstufen und betritt auf Fortys, von den Zuschauern aus gesehen linken Seite die Bühne, die vor dem Altar errichtet wurde. Unmittelbar merkt er, dass Fortys Fan-Traube irritiert ist. Auch in Urbsimsa ist man vertraut mit der Choreographie der *The-Telling*-Auftritte. Über uns wissen sie alles, wir wissen nichts über sie, denkt Tom. Irritiert ist auch Snake mit ensem Orgel-Einsatz. Ja, Armida, die Ur-Enkelin (oder Ur-Ur-…) von Jak (¿oder war es Kutscher?), hatte tatsächlich diese alte Orgel für en in Stand setzen lassen. Restauriert worden war sie noch vor dem Krieg. Kein Problem. Natürlich gibt es in Urbsimsa auch einen Orgelbauer. Man pflegt

die Tradition. Das einzige Haar in der Glückssuppe von
Pussy Snake und ensen Fans ist, dass en an ensem Spieltisch wie in einem Jetcockpit eingepfercht ist und man
en nicht sehen kann. *Coat of Many Colors*. Die Mädchen
gruben dieses Dolly-Parton-Cover der Chaoten vom
Beginn der 1990er Jahre aus und wünschten es sich als
Anfangsstück. Ihr Wunsch ist uns Befehl, denkt Tom.
Damals meinte jemand noch, ‹*Anarchy and Her Chaots*
schreddern einen Country-Song›. Der Lyrikerin hatte
es jedoch gefallen, und sie lud sie nach Nashville ein, um
die Chaoten-Version gemeinsam mit ihr aufzuführen.
Fast im Grünen. Dollys Stimme immer noch zu girlie-
haft für die Subtilität ihrer Schöpfungen. Für Oma-Look
ist ihr Rock zu knapp, für sexy zu grau. Höhepunkt des
Auftritts wird, dass Dolly in Anarkies Growling verfällt
und Anarkie die quäkige Stimme von Dolly imitiert. Als
er bei einer Probe der Chaoten an einem Punkt, an dem
sie nicht mehr weiter wussten, den Song intonierte, zu-
gegebenermaßen in einer Version von Emmylou Harris
und nicht im Original, fanden die Anderen, er wäre für
sie unpassend. ¿Wer hatte schon eine so ärmliche Kindheit verbracht? ¿Wär's nicht irgendwie 'ne kulturelle An-
eignung, sich *so* darzustellen?; sie wollten doch keinen
auf Gangsta-Rap machen und deren Gepflogenheiten
nachahmen. Violetta schaute verlegen auf den Boden.
Sie hatten sie vergessen. ¿Bestand sie nicht immer darauf, kein Teil der Band, sondern bloß ein Gast zu sein?
Pussy Snakes Eltern waren zwar nicht arm, aber derart
geizig, dass en die Klamotten enser Schwester auftragen
musste. Der Kommander of Kaos sagte nichts, er legte
vielmehr ein Solo hin, das es in sich hatte. Die Sache war

geritzt. Sie nahmen den Titel auf. Aber lange hatten sie ihn nicht gespielt, bis die Mädchen ihn neu entdeckten.

Toms verwaiste Seite belebend fädelt Forty sich auf der Bühne ein. Neue Energie fließt in die Instrumente, in die Stimmen. Line lächelt. Mina legt nach. Die Fan-Traube von Forty gerät aus dem Häuschen; sicherlich denkt sie, es gehöre zur geplanten Choreographie. Tom sieht, wie sich sein Kumpel Klaus verstolpert, hacke-dicht, nach Idas Tod untröstlich, über die Bühne torkelt, und alle glaubten, das sei Show. Bis er umfiel und starb. Tom schaudert. Bei Forty darf er dies nicht zulassen. Kirk spielt das Solo seines Lebens. Wir unterschätzen ihn, denkt Tom. ¿Wenn er sich denn mal outen würde, würde das sein verficktes Talent befreien oder würde es ihm die Energie der Sublimation rauben?

… im bunten Mantel aus Stofffetzen den meine Mam' für mich genäht ging ich in die Schule wo sie alle lachten über mich … Forty wechselt rüber auf die angestammte Seite, Tom auf die seine. Vor der Orgel wie zur Übergabe der Rollen High Five. Forty deutet ein siegesbewusstes Smiley an. Klatschnasse Hände, aber die Finger lassen nichts aus. Tom denkt an Violetta. An manchen Tagen hatte er sich in den Schlaf geheult. Dann wieder Hoch-stimmung. Er hatte sich Mühe mit dem Essen gegeben. Kochen gelernt hatte Tom bei seiner Mama, bevor es wegen Ida zum Zerwürfnis kam. Tom sieht, wie sie am Herd hantierten, in Eintracht. Violetta explodiert. Oder bedeckte ihn mit Küsschen. Tom sieht zu Violetta hin-über. Perfektion. Der Druck auf Forty. Sie hat mit Vio-letta nichts gemein, der Ausreißerin. Dagegen Forty mit sorgender Mutter, liebevollen Schwestern. Aber schon mit neun musste sie *perfekt* sein. Ab sechzehn der weltbeste Bassist. Hybris und Druck, sie liegen zu dicht beieinander. ¿Wird Tom eine weitere Violetta aushalten? ¿Wird Forty ihn in dieser Rolle haben wollen? ¿Und ihn akzeptieren? Minas Anspannung erkennt Tom bloß daran, dass sie a-rhythmisch Zwischenluft holt. Die Stimme samtweich wie der bunte Mantel aus Stofffetzen, aber die Brust hebt und senkt sich disharmonisch, die Sterne tanzen aus der Reihe, das Silber changiert ins Schwarze. Es war keine Zeit gewesen, um die Show anzupassen.

—Das nächste Stück —sagt Mina— ist etwas ganz Besonderes. Nicht nur ist es die Uraufführung, sondern es ist auch das erste Stück, dass *Anarchy and Her Chaots* und wir von *The Telling* gemeinsam geschrieben haben. It is called *The Society You Live In Be Yours.*

Das Intro spielen Pussy Snake und Forty vierhändig auf der Orgel. Ens Lebenstraum, wenn man so will (und Tom will so). Diese Orgel ist die fiktive Rekonstruktion der ältesten Orgel überhaupt, von der Pfeifen erhalten sind; fiktiv insofern, als der Aufbau der Orgel umstritten ist, denn keine Teile des Gehäuses, der Mechanik und der Windanlage waren erhalten.

Vielleicht war für Forty auch Minas Verhaftung zu viel gewesen, denkt Tom. Dieses Getöse des Schocks. Tom erinnert sich an das Nachhallen der Schritte im Gefängnis. An den Besucherraum mit Schallschutz. Minas Gesicht, das sie kaum im Zaum halten konnte. Ihre holde Stimme, von Zerrissenheit gezeichnet. ¿Macht sie ihn haftbar für die Entwicklung? Sie sagt ¡Nein! Ihre Mutter sagt ¡Ja! Ihre Schwestern drehen am Rad. Er verspricht Mina, sie rauszuhauen. ¿Aber wie soll er dies anstellen?

Kein Advokat schickt sich an, gegen die Gesundheitsministerin aufzutreten. ¿Zu den Waffen greifen? Er ist
kein Soldat wie sein Vater. Hat nie gedient. Ist als Pazifist
erzogen worden. Die Band wird auch nicht mitmachen.
¿Oder prädestiniert einen das Geigen zur Schützin? Er
nimmt ihre Hand. Sie ist kalt und sie vibriert. Seine Hand
vibriert und sie ist heiß. Während er hinausgeht, bedenkt
er die Wärterin mit Abscheu.

—Dafür kann ich nichts —flüstert sie—. Ich liebe die
Ringeltäubchen doch auch so sehr.

Schnell an was anderes denken. Bei der Vorbereitung
des Auftritts war es auch um die Frage seines Zeitpunkts
gegangen.

—Wir konzentrieren uns am besten vor allem auf die
chinesischen Fans —sagte Toni Trivell vom Urbsimsa-
Tech-Team, Anfang 20, schlackzig, aufgewachsen in
gefangener Freiheit. Materiell. Digital grenzenlos. Kult:
Pussy Snake. So sah en auch aus. Tom war eingespielt.

—¿Unsere chinesischen Fans? —sagte Tom.

—Die sind hammer organisiert. Also startet das Kon-
zert mittags —sagte Toni—. Ich habe da einen guten
Kontakt. Der braucht einen Vorlauf von, sagen wir, zwei,
drei Stunden, dann steht die Leitung, und wir erreichen
Millionen. Vorstöße der Gesundheitsministerien haben
null Chance; sie werden alle umschifft. Für Neu-Delhi,
Tokio und Indonesien auch optimal. Auf der anderen
Seite der Kugel natürlich nur was für Frühaufsteher oder
Schlaflose. Doch keine Angst, wir spiegeln den Stream
derart oft, dass niemand dran kommt, eure lächerlichen
Vereinigten Gesundheitsministerien schon gar nicht;
bis die merken, was da Subversives abgeht, ist es bereits

in allen Haushalten. Armida gibt uns grünes Licht. Wir haben uns da rückversichert.

—Die Mauer des schreienden Schweigens bricht zusammen —sagte Tom.

—Technisch gesehen sind wir auf jeden Fall gut gerüstet und schmachten nur danach —sagte Toni.

—Auch ein Risiko —sagte Tom.

—Lass das getrost *unser* Problem sein. Alle hängen sie an unserem Haken; keiner wird wagen, uns auch nur ein Haar zu krümmen.

—¿Was wird Papa machen? —sagte Forty.

Sie fröstelte. Tom legte seinen Arm um ihre Schultern. Doch sie schüttelte ihn ab, schenkte ihn dann aber ein ätherisches Giggeln. Ohne Elvis-Lippe.

—¿Stan Kondar? —sagte Toni—. Auch diesen haben wir auf der Liste. Wird lammfromm sein, versprochen.

An der Rückwand hinter der Bühne und der hinter dem Publikum waren von Toni je LED-Tafeln installiert worden, auf denen man die Zuschaltzahlen und die Kommentare zum Live-Stream sehen kann. Tom hatte sich vorgenommen, nicht zur Tafel zu schauen. Doch nun blickt er alle paar Takte hin. Der Stream startet mit ein paar zehntausend. Exponentielles Wachstum.

Die chinesischen Schriftzeichen werden automatisch übersetzt. Wir drücken euch die Daumen. Ein Fanal. Mehr als Musik. Wie Woodstock, nur viel geiler. Effektiv. Aus Fremden werden Gäste. Die Welt ist begeistert. Mao lebt. Schwachkopf. Mao ist tot. Bleibt tot. ¿Ist nicht <Schwachkopf> euer Minister? Forty duftet nach Myrte. Ich will Mina, bete die Lilie an. Tom weiß, was Muscheln wollen. Wir alle lieben Violetta. Pussy Snake. Orgel. Geil.

Wir brauchen den Kommander of Kaos. Ordnung haben wir mehr als genug. Awesome. So viel Talent. Future of Rock. Ruan Ji lebt. Xi Kang ist wiedergeboren. Die Großväter und die Töchter der Musik. You have been told so. Eifersucht ist keine Krankheit. Coat of Many Colors für alle. Stalin lässt euch aus der Hölle grüßen. Soldaten sehen alle total bleich aus. Die Menschheit will keinen Krieg mehr. Urbsimsa ist überall.

Tom sieht die Drohmail von Stan Kondar. Wenn ihr in Urbsimsa auftretet, seid ihr tot für mich und für alle freiheits- und friedliebende Menschen hier im Liamon und rund um die Welt, überlegt es euch gut. Euer euch liebender Papa. Tom sieht, wie eine Träne von Mina auf den Ausdruck tropfte und zu Blut wurde. Ein Fleck, der sich schnell ausbreitete und dann wie von Geisterhand verschwand. Zaubertinte hatte man das in seiner Kindheit genannt, damals, bevor es digital ging. Sullie war beunruhigt, was diese Mail betrifft. ¿Denn zeigte sie nicht, dass es irgend einen Informanten geben musste, irgend jemanden in ihrer Umgebung, in der Umgebung von Tom oder, wahrscheinlicher noch, in der Umgebung der Mädchen selber oder ihrer Mutter, der dem Terrorfürsten davon Bericht erstattet, was die Töchter treiben? Mina und Line baten darum, Forty nichts zu sagen: ihre Nerven lägen eh schon blank. ¿Wussten sie davon, dass Forty etwas nimmt? ¡Was für eine Frage! Die drei sind derart intim miteinander, dass sie es nicht bloß wissen mussten, sondern auch, welche Art Droge. Tom hofft, dass es *nur* Fluvoxamin ist und befürchtet Kokain.

Tom sieht die Versöhnungsszene. Es schellte an der Tür, dann hörte Tom Klopfen.

—Gemach, ich komm' ja schon —sagte Tom.

Tropfnass im Regen mit hängenden Haaren und mit hängenden Schultern stand dort Sullie. Kaum sah er in ihr Gesicht, wusste Tom, dass er ihr Unrecht getan hatte.

—Du warst ja nicht zu erreichen —sagte Sullie, mehr verzweifelt als vorwurfsvoll.

Tom hatte ihre Nummer gesperrt. Nun trat er hinaus, fiel ihr um den Hals und wurde selber ganz nass.

Später saßen sie auf seiner improvisierten Couch, für so etwas Spießiges hatte er *bisher* in seinem Leben keine Verwendung gehabt, und sprachen über Lutz-Dieters Anmahnung, Stan Kondar auf seine Seite zu ziehen. Seine Töchter huldigen dir, er ist nicht wie die Andern und wird zugänglich sein, das ist meine Einschätzung. Sullies Einschätzung lautete, dass Toms Vater sich heillosen Illusionen hingegeben habe. Aus Fremden Gäste machen. Er war in der Realität nie angekommen. Tom gab zu, das Manuskript verbrannt zu haben, weil er davon ausgegangen sei, sein Papa habe mit ihr gemeinsam diese Falle vorbereitet als eine fiese Hinterlassenschaft nach seinem Tod. Sullie wurde traurig, nicht wegen des Manuskripts, vielmehr weil Tom sie für fähig gehalten hatte, so etwas zu tun. Ihm so etwas anzutun. Tom kämpft immer noch mit dem verfickten Gewissen, ja, zugegeben, er hatte gezweifelt an der Liebe. Er steht nun tief in ihrer Schuld.

Schnell an was anderes denken. Mit Sullie war es wie das Erste Mal und doch nicht das Erste. Eine zweite Entjungferung. Ida hatte immer gewusst, was sie wollte, wie sie es wollte. Später irritierte es Tom, wenn Frauen ihm keine Anweisungen gaben, vermisste es; er fühlte sich verloren, verlassen, als nicht gewollt, als nicht ernst genommen, die Befriedigung des Orgasmus hielt nicht so lange vor, keinen Tag der ewigen Zufriedenheit und Zuversicht, keine Tage wie bei Ida, die sagte, wie er Hände und Zunge einzusetzen habe. Den Schwanz durfte er dann auch benutzen, ihr doch egal. Da war Ida nun mal großzüngig. Sullie war es zwar gewohnt, Anweisungen zu geben und ihren Willen durchzusetzen, aber was sie beim Sex wollte, schien sie nicht zu wissen. Wie gut, dass Tom Idas Anweisungen parat hatte und wusste, was Frauen wollen. Nicht alle, lehrte ihn die Erfahrung.

Oft genug hatten die flüchtigen Begegnungen mit den Mösen (Tom nannte sie niemals so, sondern, natürlich, *cotorras*; immerhin war er mit einer Onetti verehelicht gewesen ...), bevor sie Namen hatten, einen glücklichen Ausgang, wenn sie ihren Freundinnen nachher sagen konnten, ‹Tom weiß, was Frauen wollen›. Das war sein Ruf, und er liebte ihn. Er schützte ihn. Außer vor Sullie, da war er ganz verloren, um sich selbst zu finden. Ihren Namen in höchster Erregung zu stöhnen, was für eine unendlich kurze Bewegung, die sich fortsetzt, so lange, ja noch viel länger als bei Ida. Sullie hatte auch nichts dagegen, zu warten, bis die Kräuter gewirkt hatten, sie lachte nicht und sie liebten sich. ¿Was hätte Ida gesagt? Hör' bloß auf, immer alle Mösen mit Ida zu vergleichen, dann kriegst du nie eine Neue, Tom. Doch eine. Sullie ist nicht eifersüchtig auf Ida, sondern auf Mina. Dass Tom für Forty schwärmt, weiß sie nicht. Er weiß es ja selber nicht. Eifersucht ist keine Krankheit. Im übrigen steht Tom nicht auf Hungerhaken wie Forty. Dagegen erregt es ihn schon, wenn er nur dran denkt, dass es bei

Sullie was anzufassen geben würde, als er bewundert, wie Forty im Chaos der Chaoten den Kurs hält. ¿Kann man sich ihre feinen Finger vorstellen, wie sie an einem Schwanz spielen? Möglich, mann. Tom, nö. Minas noble Stimme und Lines kräftiger Schlag ergießen sich über Tom und ermutigen ihn, sein Begehren nicht auf Forty zu versteifen. ¿Aber wird sie mich denn nicht am meisten brauchen? ¿Gerade jetzt? ¿Ein starkes männliches Vorbild? ¿Eine väterliche Hand? ¿Bin ich Manns genug? ¿Die Hand väterlich genug? ¿Für sie, die stärker ist als alle und doch so schwach? ¿Tom, hast du überhaupt Platz für Sullie? Ja, das habe ich, entscheidet Tom.

Tom sieht den kupfernen Schopf vor sich, sie steht am Fenster, schiebt den Vorhang ein wenig zurück, schaut hinaus und seufzt. Er pflückt sie vom Fenster, hebt sie einmal ums Hotelbett und lässt sie in die Plastikdaunen gleiten. Ihr Kupfer verteilt sich wie eine Aura um ihren Kopf. Er kniet sich neben sie und öffnet den Reißverschluss ihres Rocks mit katholischem Hahnentritt-Muster. Er streift ihn ab und dann die Strumpfhose. Er fasst zwischen Schlüpfer und feuchter Möse. Er senkt seinen Kopf zwischen ihre Schenkel, während er mit einer Hand versucht, die Knöpfe ihrer Bluse zu öffnen, um an ihre Titten zu kommen, ... ¡Dattel-Herzen! ... ¡Milch-Busen! ... Sie packt ihn unter die Achseln und zieht ihn hoch zu sich.

—¡Penetrier' mich! —schreit sie.

¿Was für ein Wort?, dachte Tom. ¡Was für ein Wort!, denkt Tom. Sie ist Griechisch- und Lateinreferendarin, erfuhr er *später*. Mit hektisch vertrauten Handgriffen öffnet er seine Jeans und zerrt sie sich über den Hintern, mehr ist nicht drin auf die Schnelle, ihr ist es ernst, es geht um den Rausch der Geschwindigkeit.

—O, dein Schwanz —sagt sie.

Neben, außer und vor Sullie das stärkste Gefühl, das Tom kennt. Eine Erinnerung, die auf ihre ständige Erneuerung dringt, ohne sie zu erreichen. Das Ideal. Es lenkt von der Gegenwart ab. Es lenkt auf die Gegenwart hin, Tom spürt seinen Schwanz in der Hose, ohne jede chemische Unterstützung, und ist glücklich. Alle sind glücklich. Forty. Violetta. Die Leute in Urbsimsa. Sullie zu Hause wird es auch sein. Mit Paula hat es nie geklappt. Isso, obwohl sie sonst keinen Schwanz auslässt.

Tom sieht das Gesicht des kupfernen Schopfes vor sich, über sich, unter sich. Sie dreht den Kopf zur Seite und nimmt seinen Daumen in den Mund. Er bewegt den Daumen suggestiv. Ihre Backen abgetönt, die Augen verdreht, bis er fast nur noch ihr Weiß sieht. Tom sieht das aufgeräumte, weibliche Gesicht der Freundin, die sie ihm nach dem Winterland-Auftritt vorgestellt hat. ¿Wie machen sie Sex? *Eifersucht ist keine Krankheit.*

Forty kommt von ihrer Seite her auf Tom zu, spielt ihn an, stößt mit ihrer Hüfte seitlich gegen seine, dann geht sie in die Knie, eine Spiegelung der Szene vom Winterland-Auftritt, mit vertauschten Rollen. Nun betet sie *ihn* an, nicht er sie. Die Kräfte des Rausches für die Revolution gewinnen, denkt Tom, das ist die Aufgabe der Stunde. … geseln ist vögund … Tom fühlt es, als sei es jetzt und für immer, wie er in die Möse des kupfernen Schopfes spritzt. So berauschend. … nichts im Fluss ist überflüssig … *tiefe tiefe Ewigkeit* …

—Ich fliege —keucht der Fuchs.

Tom muss auch seinem Vater vergeben, vergeben die Verdächtigung, diese ungerechte. Gern würde er ein Kreuz schlagen, aber das hat er nicht gelernt; sowieso, die Finger werden am Bass gebraucht. Einen Gedanken an Maria senden, die Mutter, die Ersatzmutter, nein, der Mutterersatz; die Mutter Gottes hatte ihn immer am ehesten fasziniert, wenn es um das Christentum ging. MILF, Mothers I Like to Fuck, das ist jetzt wirklich unpassend, zu denken, Tom. ¿Xavie? ¡Jetzt aber Schluss! Aber die Gedanken sind frei, ¿sind sie nicht?

Auf Tonis Wunsch hin spielen sie *La unanimidad de las cotorras*. Der Titel stammt aus dem letzten Roman von Idas Vater, *Cuando ya no importe*. Idea Vilariño, einst die Geliebte des Dichters, war Tom beim Texten zur Hand gegangen. ... warum bläst du nicht in tausend Stücke sie die hübsche Schlacke diese Handvoll Erde Schmerzen Luft und Unrat wo's doch niemals Frieden geben wird und keinen Tag der reinen Freude ... Es dauerte eine Weile, bis die Zensurbehörden der Neuen Puritaner mitkriegten, was *cotorras* hier bedeutet, und den Song indizierten. Den Chaoten bescherte dies einen Riesenerfolg im anderen Land, obwohl er selbstredend nirgendwo in Hörfunk oder Fernsehen laufen durfte. Ein Song, in den Pussy Snake allen Kitsch gelegt hatte, zu dem en fähig war, und das war wahrlich viel. Anarkie liebte ihn, und Violetta ließ sich in die tiefsten Abgründe der U-Musik hinab, die alle ihre E-Musik-Liebhaber bis ins Mark erschütterten. Ernste Musik, was für ein Hohn. Glücklicherweise sterben diese Labels langsam aus. Wir sind keine Unterhaltungsmusiker, denkt Tom, sondern Spediteure. Wir transportieren Seelen.

Das ist eine Bürde, die zunehmend schwerer wird zu tragen. Das Training, das man nötig hat, um die Auftritte durchzustehen, um beweglich zu bleiben, um nicht einzuknicken. Aber kein Vergleich mit dem Training, das die Mädchen jeden Tag hinlegen. Tom beobachtete sie dabei, wie sie Stunde um Stunde Klimmzüge, Kniebeugen, Liegestütze, aber auch jede Menge Übungen für die Steigerung ihrer Schnellkraft absolvierten. Atemberaubend. Die unter den Chaoten, die so viel für ihre Fitness tut wie die drei Mädchen, ist natürlich Paula. Sie muss es. Sonst kann man in ihrem Alter nicht mehr ein bis zwei Stunden am Schlagzeug den Ton angeben.

Tom denkt an sie, während er Violettas Blick folgt. Dann sieht er sie im Publikum, ihre Freundin. ¿Wie ist sie dahin gekommen? ¿Hierhin gekommen? Hex. Hex. Nach Urbsimsa. Sie hörte auf den Namen *Kate*, den er natürlich später in der Geschichte erfuhr. In der Bahn war sie ihm aufgephallen. Weißes Kunstlederfell, blutrote Lack-High-Heels. Tätowierungen stierten ihn hier und da am Ende des Stoffs, oder eben Kunstleders an. War nicht schwer zu projizieren, dass sie sich nicht nur die Achseln, sondern auch die Muschi rasierte; ganz und gar nicht sein Phall. Doch hatte sie einen so traurigen Ausdruck hinter den verlängerten Wimpern, der einen so kirremachenden Aufforderungscharakter ausübte. Im schmutzigen Licht der Bahn sah Tom die Bleichheit ihres schwarzviolett geschminkten Mundes. Ein Mund zum Küssen. Nicht zum Küssen, zum Fürchten. Tom hört das Rattern der Räder. Ihr Rhythmus überlagert den Song und Tom wechselt zu *The Eternal Wheel (New is Every Round for Me)*, dem *Song for Kate*, der später der größte Hit für AAHC werden sollte. Forty reagiert als erste, dann schwenken auch die Übrigen ein.

Ein Tröster hat ja auch immer gute Chancen. Also sprach Tom Kate an (nein, ihren Namen wusste er noch nicht) und ein Wort ergab das nächste, bis sie ihm schließlich ihr mega Drama erzählte, bei sich zu Hause. Tom sieht das Zimmer, getaucht in ein gut munkelndes Licht. Alles nett ausgeplüscht und schallschluckend. Sie schob Townes van Zandt ein, Deprimusik in ihrer herrlichsten Gestalt. Nun, es ging um ihren Vater. Als junger Mann Rote Armee Fraktion, kurz und schrecklich RAF. Nachdem die Revolution gescheitert war, Alkoholiker und gewalttätig. Sprach über Frauen nur als Votzen wie der beschissene Boss Andreas Baader. Und dann pflegebedürftig. Sie war gerade von ihm gekommen. Dein Aufzug, dachte Tom, wird zum Familienfrieden nicht beigetragen haben. Aber er behielt den Gedanken bei sich. Sex gab es natürlich keinen, obwohl Tom sich mehrfach vorstellte, Kates Gürtel zu lösen, und obwohl sie dann bereits ihren Namen verraten hatte. ¿Obwohl? Es gibt keine Konjunktion, die hier passt, denkt Tom. Ja, ihm waren auch schon Frauen untergekommen, die sich die Nippel piercen ließen. Das war abturnend genug, mehr noch als eine verfickte rasierte Muschi. Bei ihrem Outfit, war so 'n Piercing gar nicht mal ausgeschlossen. Zum Abschied ließ er ihr eine Visitenkarte da.

—Na, wie cool ist das, ¿du machst Musik? —sagte sie.

—Hin und wieder —schnappte er und trollte sich.

Ein paarmal rief sie noch an, um ihm vom Fortgang zu berichten. Die Interessen waren relativ einseitig; seine Probleme, falls der Rhythmus einer neuen Komposition nicht gleich hinhauen oder kein eingängiger Refrain sich einstellen wollte, waren ihre Sache nicht. Oder phalls ‹geseln ist vögund› sich nicht so affengeil anhörte wie ‹schicken ist fön›. Snake übrigens fand es sogar cooler; ‹vögund›, darüber konnte en sich immer wieder aufs Neue beömmeln oder, besser gesagt, ‹geseln›. Endlich starb ihr Vater, und Kate heiratete und fragte bei ihm an, ob die Chaoten für sie spielen wollten. Die übrigen Chaoten waren nicht angefixt und so kam er mit Violetta überein, ein Akustik-Set zu spielen mit Geige, Bass und Stimme, mehr ihre als seine. Er war mit dem Auftritt ziemlich zufrieden, Kate begeisterte sich, der Bräutigam schaute jedoch säuerlich drein; ihm schmeckte der *Song for Kate* wohl nicht. Er kam aus Gegenland. Mit ihrem Schwiegervater sah Tom Kate mehr trinken, als er eine Frau jemals hatte trinken sehen, einschließlich Ida. Kate tanzt, bis ihre Füße bluten. Während Kate sich zum Schwiegervater setzt, um mit ihm noch einen zu kippen, erspäht Tom auf den Holzbohlen die Blutspuren. Für die Tanzfläche hatte man Holzbohlen auf den blanken Beton der improvisiert ins Eventzentrum verwandelten ehemaligen Lagerhalle gelegt. Violetta und Tom müssen spielen, mehr spielen, weiter spielen. In ihren Pausen freunden Kate und Violetta sich miteinander an.

Als Violetta und Tom schließlich morgendämmernd im Hotel ankamen, verharrte Tom schlaftrunken einen Wimpernschlag vor Violettas Tür. Tom blickt den von a-romantischer Birne traktierten Flur mit graukrankem Teppich entlang, riecht den Mix aus Desinfektionsmittel und Nachtschweiß. Vernimmt Fernsehen, Streit und Sex.

—Sie hättest du haben können —sagte Violetta.

¿War es eine Frage? ¿Ein Vorwurf? ¿Oder gar 'ne Aufforderung?

—Wenn mal 'ne andre Möse als Ida für mich in Frage käme —sagte Tom—, dann wärst du's; du *weißt* das.

Es gab eine Bewegung von ihm zu ihr, von ihr zu ihm, zeitgleich eine beiderseitige Gegenbewegung, und Tom landete in seinem Zimmer auf dem Bett und schluchzte auf. Um mehr aus der Szene werden zu lassen, war er nicht betrunken genug gewesen. Und wäre er betrunken genug gewesen, um Hand an Violetta zu legen, hätte ja auch nichts draus werden können. Mann ist nicht mehr jung genug dazu, ohne Muschelhexe. Hex. Hex.

Gegen Mittag frühstückten sie. Eine Einladung von Kate schlugen sie aus. Ihrem Gatten wollte keiner der beiden noch einmal begegnen müssen. Über die Szene sprachen sie nicht. ¿Hatte Violetta keine Erinnerung? ¿Zu viel getrunken? ¿Oder eben doch genug? Nein, sie erinnerte sich, das sah Tom in ihren schwarzen Mandelaugen. Alles wie gehabt. Toms Blick fällt auf Violetta, Keine verrauschte delphinarische Bewegung drängt sich mehr zwischen sie. Der Schwebezustand ist verrauscht. Es bleibt das Gefühl des Vaters für die Tochter. Violetta ist, denk dran, Tom, nicht jung genug, um deine Tochter zu sein. Aber das steht auf einem anderen Blatt. Jetzt wird alles gut. Denn alles Begehren kann sich auf Sullie versteifen, die getriebene Suche hat ihr Ende.

Die LED-Tafeln zeigen steigende Zuschaltungen. Die Kommentare werden international, die Zeichen noch absonderlicher, doch konzentrieren sie sich auf die allgemein verständlichen Emojis, oder auch die, die Tom nicht versteht, und als Sprache setzt sich immer mehr das Andersprachliche durch, wenn auch teils in nicht auflösbaren Verschreibungen, ja, ein bisschen Sonstwas kommt hinzu. ¿Doch geht es darum, den Inhalt zu entschlüsseln? Der Inhalt ähnelt sich so sehr, es geht darum, dass jeder seinen Senf dazu geben will. Sagen kann, ich war dabei. Ich habe auch was gepostet.

Tom checkt mit dem Blick die Bodys der Zuschauerinnen ab. Relaxed, dass er *keine* aussuchen muss. Das ist ausgelutschte Vergangenheit. Er ist ja wieder in festen Händen, endlich, nach so langer Zeit. Der oberste erste Maßstab der Wahl ist Idas Brustumfang im Verhältnis zu ihrer Taille. Natürlich gibt es auch attraktive kleinere Titten; bei den Kondar-Schwestern oder deren Mutter, oder dem kupfernen Schopf; dafür braucht es allerdings einen zweiten Blick. Klar, auf den Inhalt kommt's an. *You Can't Judge a Book by the Cover*, Rock-n-Roll-Klassiker von Bo Diddley … mag sein dass ich ausschau' wie ein Trampel aber bring' es doch im Bett du kannst die Bücher nicht bewerten nach dem Cover … Aber schon beim Cover stimmt das ja nicht mehr. Wenn ich vor der Buchauslage stehe, brauche ich einen ersten Eindruck, eine Annahme, wo es sich lohnt, genauer hinzuschauen. Lutz-Dieter wies Tom mal darauf hin, ein Philosoph, dem er hätte nacheifern sollen, ¿hieß der nicht irgendwas mit Porno?, habe sich beschwert, die Umschläge von Büchern würden immer mehr zu Werbeplakaten *entarten*. ¿Oder war es in der Diskussion um Covers von LP-Alben gegangen? Jedenphalls, alle kann ich nicht anschauen. ¿Männlich-chauvinistischer Blick? Tom kennt Frauen, um keine aus der Band jetzt scharf anzuschauen, die schließen von der Schuhgröße auf die Beschaffenheit des Schwanzes. Oder andere, die beim Date jeden Trick anwenden, bloß um einen Blick auf die Zunge werfen zu können. Ob er dann auch bereit ist, sie bei ihr gewinnbringend einzusetzen, ist noch eine andre Frage. Es geht um den Ausgangspunkt, ohne den kann man einen Fremden nicht zum Gast machen … du kannst die Tochter nicht bewerten nach der Mutter … ¡Falsch!, du kannst es. Jedenphalls soweit es Xavie betrifft.

Die Zuschauer in Urbsimsa kennen ihn, er kennt sie nicht; normal, nur ganz anders. Nur einige, die er in der kurzen Zeit der Vorbereitung ihres Auftritts getroffen hatte. Toni, wo für Pussy Snake schwärmt. Armida, die Sprecherin, wie die Urbsimsas sie nennen. Als Location die Ruine der Geburtskirche; äußerlich eine Ruine. So weit nur stabilisiert, dass nichts herunterfallen kann. Im Inneren piekfein hergerichtet. Sie spielen hier der Orgel wegen. Ansonsten hatten die Urbsimsas, ein Völkchen von vielleicht zwanzigtausend Menschen, ihr Leben vor allem unterirdisch eingerichtet. Nicht gesehen werden, *war* die Devise. Sie handeln mit Wissen. Ihr Wissen ist ihre Lebensversicherung, die Versicherung gegen Eroberungsversuche, ihr Handelsgut, mit dem sie an alles heran kommen, was sie von außen brauchen, weil sie es nicht selber herstellen oder züchten können. Die Drehscheibe des Handels sind die Geheimdienste und der Generalstab der Gemeinschaft der zivilisierten kriegführenden Gesundheitsministerinnen. Freilich gibt es inzwischen so viele Mitwisser, dass das Geheimnis aus allen Nähten zu platzen droht. Keiner der Beteiligten zweifelt daran, dass es bald zum Outing kommen muss.

Mina aus dem Gefängnis abzuholen, hätte Tom sich

als einen großen Akt gewünscht. Aber es musste heimlich sein. Sullie sagte, sie sei noch nicht so weit, in einer offenen Feldschlacht gegen die Gesundheitsministerin antreten zu können. Auch ihre Schwestern müssen in einer Nacht- und Nebelaktion aus dem Nebenland geholt werden, denn Xavie traut weder Tom noch Sullie. Sie ist sich sicher, ihr Ex-Mann und seine Untergrundkämpfer steckten dahinter. ¿Urbsimsa? Sie lacht auf.

—Dass ich nicht lache —sagt sie und verstummt—. Nein, meine Töchter geb' ich nicht.

Tom fühlt sich in eine irreale Welt entführt. Alles geschieht, nichts macht er selber. Es wird gemacht. Er entscheidet nichts mehr. In ein Auto. In ein Flugzeug. Mal mit den Schwestern, mal ohne sie. Mal ist Sullie dabei, mal werden sie an andere Leute übergeben, die, ohne eine Regung zu zeigen, den Dienst versehen. Genau wie die Bullen, die Mina festgenommen haben. Genau wie die Wärterin im Knast. Kurz vor der Landung in Kasien erhalten sie neue Ausweise, Ausweise der Organisation zivilisierter kriegführender Nationen, also Nationen mit Gesundheitsministerium, die die Mauer des Schweigens um Urbsimsa bewacht. Wie von Geisterhand können sie die Grenze passieren. ¿Nacht- und Nebelaktion? Es ist Tag und heiß, der Nebel ist im Kopf. Auf der Seite von Urbsimsa nimmt Armida Kutscher sie in Empfang. Tom atmet auf. Er spürt wieder Grund unter den Füßen, und das Dröhnen im Schädel lässt nach. Armida ist über alles informiert. Sie begrüßt Tom, seine Bandmitglieder und die Telling-Mädchen wie alte Bekannte. Sie wissen alles über uns, denkt Tom hier zum ersten Mal, über sie wissen wir nichts. Es ist früher Nachmittag, und in der

Sonne glitzern jenen Ruinen von Urbsimsa, unter denen das sonstwo unbekannte und ungeahnte Leben brodelt. Die Schwestern wollen zuerst duschen, sich schminken und umkleiden. Die Chaoten nehmen's nicht so genau damit (¿gab's da nicht 'nen Psychofritzen, der das für die Ursache von Krieg hielt?), sie möchten sich als erstes mal umschauen. Pussy Snake fragt nach einer Orgel.

—¿Bist du verrückt, Mann? —sagt Anarkie—. Schau dich um. Alles Ruinen. Da können wir froh sein, wenn's was zu futtern gibt. Und warmes Wasser zum Duschen.

Kurz runzelt Armida missbilligend die Stirn.

—Wünsch dir was —sagt sie (¿zu Pussy?)—. Hex. Hex. Es ist alles da.

Nach einer Stunde Spielzeit gibt es zwanzig Minuten Verschnaufpause und die beiden Bands ziehen sich in die Grotte zurück.

—Eure Gesundheitsministerin scheint ausgedient zu haben —sagt Toni—. Anscheinend hat sie den Bann über Urbsimsa einseitig und ohne Rücksprache mit den Vereinten Kriegsnationen aufgehoben.

Tom schaut auf dem Smartphone nach. Es gibt eine WhatsApp von Sullie. Sie sollten mich verhaften, geleiteten mich jedoch zum Gesundheitsministerium, besetzten es, und ich werde gleich eine kleine Ansprache halten. (Die offene Feldschlacht.) Alles wird gut. Deine Sullie. Freue mich, wenn du wieder hier bist. Ich werde das nicht lange machen, keine Bange. Der Thron ist kein Stuhl für einen Anarchisten, wie du immer sagst. Der Sessel der Gesundheitsministerin auch nicht. Die Macht gehört in die Hände der Gemeinden. (Kutscher. Jak.)

Kordulas Befreiungslied, der vorletzte Titel auf dem

Album TMQR, wollten sie eh spielen, allerdings erst am Schluss.

—Wir sollten den Liberation Song von TMQR jetzt gleich bringen —sagt Anarkie—, und den Leuten mitteilen, was Sache ist. You have been told so.

—Sie werden abgehen, total —sagt Pussy Snake.

—Drum —sagt Paula—, lasst uns zusammen Party machen.

—Das sagst ausgerechnet du —sagt Kirk.

—¿Habt ihr's gehört? —sagt Armida—. ¡Wir müssen es bekannt geben! Sofort. Lasst mich das machen. Endlich sich die große weite Welt reinziehen.

—Den Song sing' ich mit Tom —flötet Forty.

Line verdreht die Augen. ¿Was will sie ausdrücken? Ach die wieder, Digger, das Mimöschen und Zentrum aller Aufmerksamkeit.

—Deine Fans werden dann doppelt abgehen —sagt Violetta—, you have been told so.

Armida spurtet auf die Bühne und verkündet ihren Leuten mit dürren Worten, aber einer von Feuer entflammten und in Freudenschweiß getränkten Stimme die Aufhebung der Mauer des Schweigens. Erst senkt sich tiefes Schweigen aufs Publikum. Es kostet sie einige Zeit, um die Nachricht zu verdauen, denkt Tom. Er stellt das Mikro zwischen sich und Forty. Da sie kleiner ist als er, muss er es ein wenig herunterdrehen und wird auch etwas krumm dastehen müssen. Dann bricht Jubel aus, man tätschelt und küsst sich. Tom bedeutet Forty, mit dem Einsatz noch zu warten, bis die Leute ruhiger geworden sind. Um gegen diesen Lärm anzukommen, bedürfte es einer durchdringenderen Stimme wie die einer ihrer Schwestern. Forty singt tief und zurückhaltend, wie als wolle sie verschwinden, wolle sie nicht gehört werden. ¡Und ob sie gehört werden will! ¡Sie schreit es raus! Man muss es nur zu hören verstehen.

Die Verzögerung nutzt Tom aus, um den Übrigen zu signalisieren, dass er in einer first Round den Song a cappella mit Forty singen würde und sie erst dann die instrumentalisierte Langversion bringen sollten. … Lug um Trug nur fern gesehen brav Tag auf Schlag gern heim gekehrt da wartet Vater tief verehrt wahr macht er und ungeschehen wenn ich einst befreit sein würde wenn ich einst nehm' diese Hürde weit in Zeit verweint heißt Würde hoch den Rattenschopf getragen log es an den stolzen Tagen wem ich einst reich' diese Bürde wenn ich einst bereit sein würde da Abfall Qualen viel vermehrt und Frust um Lust mich hier verzehrt was der eine hat versammelt andren riecht es halt vergammelt zu Zukunft Zutritt nie verwehrt wenn ich einst befreit sein würde wenn ich einst bereit sein würde …

Da sie den Song nicht angesagt hatten, brauchen die Zuhörer einen Moment, um das Lied zu identifizieren, und singen dann mit, Tom und Forty gehen unter. Das überwältigt Forty, und Wasser schießt ihr in die Augen. Nichts sonst hätte das Publikum zu noch mehr Herzschmerz anheizen können.

Das zweite Set der Show war auf eine halbe Stunde ausgelegt. Aber keiner will sie gehen lassen. Auch, nachdem sie zwei Zugaben mit jeweils zwei Songs gespielt hatten, nicht. Als dritte Zugabe haben Line und Anarkie noch ein As im Ärmel: Sie hatten eine der Öffentlichkeit bisher unbekannte Erstfassung des Befreiungslieds einstudiert. Anarkie, mehr Silber im Haar als ihr originales Kastanienrot, Sommersprossen so jugendlich wie bloß was, mit Mitte fünfzig immer noch das Sexsymbol der Chaoten, die Rock-Jungfrau, für die Nacht für Nacht die Jungs und die Mädeln sich verzehren, meinen, es müsse bloß der Richtige oder die Richtige kommen, um sie zu bekehren. Niemand kann sich vorstellen, wie man ohne Sex glücklich ist. Und Line, das Mysterium in Person, das Mysterium einer Stimme, die süchtig macht, wenn man den ersten Schrecken ihrer Schrillheit verwunden hat. Wenn ich nicht in Sullie verliebt wäre, denkt Tom, würd's mir schwer phallen, mich zwischen ihnen zu entscheiden (sofern es da was zu entscheiden gäbe).

... Nacht für Nacht nur ferngesehen immer wieder heimgekehrt zu meinem Wächter hochverehrt dacht' ich was soll geschehen wenn einst ich befreit sein würde niemals nahm ich diese Hürde Nacht für Nacht durchweint mit Würde meinen Rattenkopf zu tragen lüg' ich vor an guten Tagen Mutters Liebe ist die Bürde wenn einst ich bereit sein würde ach wäre ich doch umgekehrt weil Fleischeslust mich so verzehrt was der eine hat versammelt riecht dem andren halt vergammelt sei Zutritt niemandem verwehrt wenn einst ich befreit sein würde wenn einst ich bereit sein würde ...

Jetzt versteht Tom, warum Line die Augen verdreht hatte. Sie hatte wohl gemeint, Forty würde ihr die Show stehlen mit ihrer Acappella-Version. Das Publikum sieht es so eng nicht (nein, es ist, Mr Pinker, das Zuengsehen, das Krieg macht). Beim nicht veränderten und absolut einlullenden Refrain singen wieder alle mit.

Irgendwann ist selbst Spitzensex dahin und die beiden

Bands treffen sich hinter der Bühne, oder, in diesem Fall, in der Grotte, in die auch die Fans sich drängen, die Musiker bedrängen. Die Stimmung ist aufgekratzt. Tom hat Augen bloß für Forty. Im Gespräch vertieft. Blind für alles andre. Alles andre fest im Blick.

—Wir kriegen das hin —sagt Tom—. Es wird aber 'n langer Weg. ¿Forty, bist du bereit?

—Ich bin bereit —buchstabiert Forty.

Mina und Line beziehen rechts und links von Forty Stellung und legen ihr die Arme um die Wespentaille.

—Sis —sagt Line.

—Sis —sagt Mina—. Wir lieben dich.

—Liebt sie nicht zu sehr —sagt Tom—. Die Liebe erdrückt sie. Besser, aus der Fremden einen Gast machen.

—Willkommen —sagen sie alle. Sie alle, die an Forty nun vorüber defilieren. Pussy Snake. Violetta. Anarkie. Xavie und Stan Kondar. Ja, auch Stan, ihr Papa. Armida, die Sprecherin von Ubsimsa. Toni Trivell. Auch Lemmy Kilmister und Wendy O'Williams. Lutz-Dieter & Grete Prawon und Sullie Becker. Sigmar Vorhelt. RA Marie Kuchelt. Minor Opus. Erzbischof Maise. Claira. Der Fuchs und seine Frau. Kate (ohne Mann). Uesyka und JC, das Filmteam. Klaus Breitweg, aka Close to Broadway. Natürlich darf auch Ida O'Nety nicht fehlen.

—Ihr alle könnt mich mal *diggern* —sagt Forty, Elvis-Lippe, und stapft davon—. You have been told so.

—Welch ein Diamant auch immer —sagt (¿denkt?) Tom—, Lebewohl.

Jetzt ist sie frei, denkt (¿sagt?) Tom. … wenn ich einst befreit sein würde wenn ich einst bereit sein würde … ist jetzt. *Leb in Gesellschaft, die deine ist.* Hex. Hex.

Karikaturen der Mitglieder beider Bands von Amedeo Modigliani, gemeinfrei via The Yorck Project; außer Anarkie, gemeinfrei via National Gallery of Art. Minas Hairstyle der Beschreibung im Text angepasst. Hintergrund des Album-Covers The Telling mit KI generiert. DVD-Hülle des Dokumentarfilms «Urbsimsa ON AIR» unter Verwendung eines Bildes von Gustav Klimt, gemeinfrei via The York Project.

Album | Digital & Vinyl | 2018

Single | Digital & Vinyl | 2021

Box | 6 CD | 9 LP | 2026

DVD & Blu-ray | 2021

URBSIMSA ON AIR: THE DOCUMENTARY

REGIE Uesyka Prawon
KAMERA JC O'Nety
DREHBUCH Pedro Camacho
GRAMMAR ADVISOR Gisela Meÿer
CASTING Hans-Jan Henny
MUSIK DJ Ezra
Xi Kang
VOCAL COACH Doro W. Gelaan
LYRICS Sappho
FURTHER LYRICS Zara Artus
Filippo Dra-Dra
Dolly P. Harris
Hedwig Landauer
Frank Z. McDonald
Idea Vilariño
KOSTÜME Simurgh Vogel
MASKE Ernest Younger
KULISSE Oldtrap Weigel
Arne Deo Mogli
SPECIAL EFFECTS Ursula Kroeber

Product design WALLACE D. FOSTER
Produced by GPOINT PRODUCTIONS
Spiritual guides LORE POSNER
BEN WIESENGRUND

Nach einer Idee von STEFAN BLANKERTZ

Auf dem Lesetisch im realen Kopf liegen: Ernst Jünger, *Heliopolis.* Mario Vargas Llosa, *Le dedico mi silencio.* Juan Goytisolos *Reise zum Vogel Simurgh.* Peter Handkes *Moravische Nacht.* Ursula K. LeGuin, *Die Erzähler.* Hans Henny Jahnns *Nacht aus Blei.* Juan Carlos Onetti, *Niemandsland.* Noch wichtiger, *Wenn es nicht mehr wichtig ist.* Ezra Pounds *Pisaner Cantos* dürfen nicht fehlen. Und, natürlich, *Pfade in Utopia* von Bertram Jak, ¿wem sonst? Mit Toko Tawada erlebt man das *Abenteuer der deutschen Grammatik* oder trifft auf *Paul Celan und den chinesischen Engel.* ¿Aber wo bleibt César Aira? ¿Wie konnte ich nur den hl. Arno S. vergessen?, ¡wie konnte ich nur! Immerhin, die Novelle ist gesetzt aus der Arno.

Die Vorgeschichte von Tom Prawon, Ida O'Nety, *Restdeutschland* und *Anarchy and Her Chaots* wird erzählt in Stefan Blankertz, *Canetti Marinetti Onetti: Ein Triptychon,* im dritten Bild («Ida»), Berlin 2021, S. 61-94. Das Buch-zum-Album «The Tales of Miriam, the Queen of the Rats»: Stefan Blankertz, *Miriamslied,* Berlin 2015. Das Design des Titels mit dem *kurzen Brief zum langen Abschied* im Kopf, nicht jedoch auf dem realen Lesetisch.

STEFAN BLANKERTZ
MEINE JAHRE MIT IDA O'NETY
ERZÄHLUNG

«Tom Prawon — Gründer und Leader der Hardrocker Anarchy and Her Chaots — erzählt hier seine Vorgeschichte: wie er durch die Liebe zur kultigen Punksängerin Ida O'Nety die Welt der Rockmusik entdeckte und wie sie gemeinsam sich um ihre Pflegetochter kümmerten, die dann als himmlische Teufelsgeigerin bekannt gewordene Violetta Mandarin.

Die Jahre 1973-1983, eine Zeit voll Drugs, Sex, and Rock 'N' Roll. Mit Leidenschaft und stummer Verzweiflung haucht Toms Erzählung Idas sagenhaften Evergreens von *Sexrebellen braucht das Land* über *Tear Down This Wall (between us)* bis zu *Eifersucht ist keine Krankheit* in unseren Gehörgängen Fleisch ein.»

Frieda Kaiser, Die Zeitung, 17. 12. 2025

edition g. 219
186 S., davon sechs farbig, € 14,80 [D]
ISBN 978-3-8192-7627-9